Bruño

PARALELO CERO

Maestro Alonso, 21
28028 Madrid
Teléfono: 91 361 04 48

ISBN: 84-216-2858-5
Depósito legal: M-27.650-1999

PRIMERA EDICIÓN: abril 1996
SEGUNDA EDICIÓN: diciembre 1996
TERCERA EDICIÓN: marzo 1997
CUARTA EDICIÓN: septiembre 1999

PARALELO CERO

Director de Ediciones
y Producción:
José Ramírez

Jefe de Publicaciones
Infantiles y Juveniles:
Trini Marull

Coordinador literario
de la colección:
Miguel Ángel Diéguez

PARALELO CERO

Equipo asesor:
J. A. Rivera
L. Timón
C. Pallarés

Producción editorial:
J. Valdepeñas
Diseño y cubierta:
E. Rebull

PARALELO CERO

El beso de una fiera

Alfredo Gómez Cerdá

A Carmina.
Sólo a ella podría
dedicarle este libro.

Capítulo primero

El acoso

JADEANTE, con movimientos nerviosos, Toribio se echó la escopeta a la espalda y volvió a coger los prismáticos que le colgaban del cuello. Al acercárselos a los ojos, el calor que desprendía su rostro sudoroso empañó las lentes.

–¡La madre que la parió! –exclamó visiblemente contrariado.

–¿Ves algo? –le preguntó Toño con impaciencia y con la voz entrecortada por la fatiga.

Toribio limpió las lentes de los prismáticos con la manga de su cazadora y volvió a mirar. Durante unos segundos escrutó las laderas del valle que se abría a sus pies y luego siguió el curso del río Cares, que desde lo alto apenas se distinguía, cubierto por un frondoso arbolado.

–¡Allí está! –gritó de pronto.

Lino entonces le arrebató los prismáticos de las manos y con un movimiento preciso le sacó la correa por encima de la cabeza.

–¡Déjame ver!

Los tres hombres estaban exhaustos; llevaban muchas horas persiguiendo sin descanso a esa loba que la noche anterior había matado a un ternero de su ganado. No era la primera vez que lo hacía, pero en esta ocasión se habían propuesto acabar con ella como fuese; por eso la perseguían como locos en medio de aquel paisaje inmenso.

A pesar de que marzo tocaba a su fin, los tres cazadores habían tenido que atravesar zonas nevadas, en las que se hundieron hasta la cintura. El fuerte temporal de los días anteriores heló los primeros brotes de los árboles e hizo olvidar a todos los habitantes del valle que la primavera había hecho ya acto de presencia en los calendarios. No obstante, a nadie sorprendían demasiado aquellos fríos, pues no era la primera vez que las carreteras y los puertos de montaña se hallaban cerrados a causa de la nieve en plena Semana Santa. Lo lamentarían, sin duda, en Posada de Valdeón y Caín, pues se verían privados de esa oleada de visitantes que se congregaba cada año por esas fechas para recorrer la garganta del río, y que tanto dinero dejaba en los bares y restaurantes. Los dos accesos al valle estaban cortados, sepultados por la nieve, y ni los vehículos todo terreno se atrevían a pasar. Todos los pueblos de la zona se habían quedado incomunicados.

Toribio pateó con fuerza el suelo varias veces, para descargar parte de la rabia que sentía, y después, impulsivamente, se apoyó la escopeta en el hombro, apuntó hacia el lugar donde había visto segundos antes a la loba y disparó.

–¡No malgastes munición a lo tonto! –le recriminó Toño.

–¡Maldita sea! –Toribio estaba a punto de perder los nervios–. ¡Me gustaría tener a esa fiera delante de mi escopeta! ¡En el punto de mira!

–La tendrás –trató de calmarlo Toño–. Seguro que la tendrás, y entonces podrás apretar el gatillo a gusto; pero ahora no dispares más al aire.

Lino no dejaba de mirar con los prismáticos. Parecía haber descubierto algo y lo seguía con cuidado, como si temiese perderlo de improviso. De pronto, sus labios, envueltos por una nubecilla de vaho, se arquearon lo suficiente para dibujar una sonrisa. Luego, sujetó con fuerza los prismáticos con su mano derecha y con la izquierda señaló una zona de espesura en una de las laderas del valle.

–¡Allí! ¡Disparad hacia allí! –gritó.

–¡Es imposible que acertemos desde tan lejos! –negó Toño con la cabeza–. Creo que esa loba os está empezando a trastornar.

–¡He dicho que disparéis! ¡Vamos! ¡Rápido! –insistió Lino.

Toribio no lo pensó dos veces. Volvió a echarse la escopeta al hombro y disparó hacia la espesura. Toño, sin dejar de negar con ostensibles gestos de su cabeza, también disparó. Los estampidos resonaron en el valle, y las paredes rocosas, casi verticales de aquellas montañas los prolongaron con su eco.

–¡Eso es! –gritó Lino.

–¿Quieres explicarnos de una vez lo que te propones? –le preguntó Toño.

–Esa fiera es muy lista, pero acaba de cometer un error –continuó Lino–. Los disparos la han asustado y se ha metido en un callejón sin salida. Si avanza, llegará a Caín y no se atreverá a acercarse al pueblo; y si retrocede, se encontrará con nosotros.

Toribio acarició su escopeta y sonrió.

–Esta vez le meteré una bala entre los ojos.

–No estés tan seguro –le dijo Toño–. Es una loba joven y fuerte, muy ágil y muy rápida. Podría pasar por delante de nuestras narices como una centella, sin darnos tiempo para reaccionar siquiera. No sería la primera vez.

Lino se acercó a sus compañeros.

–Antes de que anochezca la habremos capturado –dijo.

–¿Capturado? –preguntó Toribio–. ¿A qué te refieres?

–¿Qué estás tramando? –preguntó también Toño.

–Pero ¿es que no lo veis? –gritó Lino–. ¿No os dais cuenta? Esa loba va derecha hacia el chorco.

–¿El chorco? –se sorprendió Toño–. Ese artilugio sólo sirve para que los turistas se hagan fotos en él. ¿Crees que esa loba va a meterse allí?

–¡Olvidas que nuestros antepasados han cazado cientos de lobos y otras alimañas en ese chorco! ¡Tal vez miles! –Lino parecía molesto por la incredulidad de su amigo–. ¿Por qué no puede funcionar una vez más?

–Quizá tengas razón –dijo Toribio–. Sería estupendo cazar a esa loba en el chorco. Luego, la juzgaríamos y la condenaríamos por sus fechorías, como en tiempos de nuestros abuelos.

–Sólo tenemos que conseguir que se meta en la vertiente de aquella torrentera –y Lino señaló un lugar del valle–. Es como un embudo. Si la acosamos por la parte alta, ella tratará de escapar por abajo y, sin darse cuenta, se meterá en el chorco.

–¡Buena idea, Lino! –Toribio estaba emocionado con el plan e impaciente por ponerlo en marcha.

–Pero hace años que el chorco no se utiliza –Toño veía más inconvenientes–. La puerta está cerrada y...

–Tú irás a abrirla –lo interrumpió Lino–. Salta el cerrojo a golpes si es preciso. Y te quedas allí hasta que entre la loba.

Los tres hombres se separaron a buen paso, pues sabían que de la prisa que se diesen dependía en gran parte el éxito de su plan. Lino y Toribio se dirigieron hacia la parte alta de la torrentera. Caminaban en paralelo, a varios metros de distancia, pero sin perderse de vista.

Toño, por el contrario, corrió ladera abajo hacia el chorco, situado muy cerca de la orilla del Cares. Llegó fatigado y sudoroso y, sin perder un momento, se dirigió a la puerta que daba acceso al foso de piedra. Como sospechaba, estaba cerrada, pero no le fue difícil forzar el cerrojo con la punta de su navaja. Una vez abierta la puerta, se subió al muro y se tumbó sobre las heladas piedras. Era tanto el calor que desprendía su cuerpo que no notó frío. Y allí, agazapado, con la escopeta entre las manos, aguardó. Su respiración acelerada y el crujido de algunas ramas de los árboles eran los únicos ruidos que podían escucharse en aquel paraje.

Desde su atalaya, Toño observó con curiosidad la larga y doble empalizada que se iba cerrando poco a poco hasta convertirse en un estrecho pasillo que desembocaba directamente en el foso. La había visto muchas veces antes, e incluso se había reído de los turistas que se hacían fotos encaramados en el mismo muro donde ahora permanecía tumbado; sin embargo, sólo en esos momentos se daba cuenta de lo ingeniosa que era toda aquella construcción.

–Nuestros abuelos eran muy astutos, ya lo creo –dijo

para sí en voz alta–. Ellos no necesitaban escopetas para cazar al lobo.

Al cabo de unos minutos, Toño escuchó varios disparos. Sabía que eran Lino y Toribio tratando de asustar a la loba para que huyese ladera abajo, hacia el río. Junto a los disparos, oyó también los gritos de sus amigos. Se apretó entonces contra las piedras del muro, con la mirada fija en el espacio de terreno que quedaba entre las dos empalizadas. Si el plan había funcionado, por allí debería aparecer la loba. A pesar de que llevaba unos minutos tumbado, el corazón le latía con más fuerza que cuando corría, tal era la tensión nerviosa que acumulaba. Intuía que el desenlace estaba próximo: o la loba caía en la trampa del chorco, o se les escaparía sin remedio, y estaban ya demasiado fatigados para continuar persiguiéndola.

Apenas había transcurrido un par de minutos, cuando Toño percibió un ruido extraño, como de algo que se movía a gran velocidad entre los matorrales cubiertos de nieve. Agarró la escopeta con fuerza y aguzó la vista. Y de pronto la descubrió frente a él, en medio de aquellas hileras de madera, atrapada. La loba se detuvo un instante y giró la cabeza a un lado y a otro, como si ella misma quisiera cerciorarse de que había caído en una trampa. Hizo amago de retroceder, pero nuevos disparos la obligaron a continuar avanzando por aquel extraño pasadizo. Atravesó la puerta que se abría en el muro de piedra circular y, durante unas décimas de segundo, se sintió en el aire, como si la tierra se hubiese abierto bajo sus patas. Y, al instante, se desplomó hacia el fondo del foso.

Toño saltó del muro y cerró de inmediato la puerta del chorco, a pesar de que era prácticamente imposible que la loba pudiese llegar hasta ella. Como la cerradura ya no funcionaba, la sujetó con varias piedras de gran tamaño. Luego se encaramó de nuevo al muro y se quedó mirando al animal. La visión lo embelesó por completo: nunca había visto una loba con aquella planta, y eso que estaba acostumbrado a ver lobos desde que era niño y acompañaba a su padre al campo. Se trataba de un ejemplar extraordinario, con un pelo largo y oscuro desde el cuello hasta la cola, una cola larga que casi rozaba con el suelo; en los flancos, la cabeza y las patas, el pelaje se acortaba y se aclaraba, adquiriendo distintos tonos grisáceos y brillantes; y, en contraste con el resto, el pelo de su vientre y sus mejillas era de un blanco inmaculado, como la nieve que tan copiosamente había caído durante los últimos días.

Unos gritos a su espalda le hicieron reaccionar.

–¡Toño! ¡Toño! –era Lino–. ¿Has visto a la loba? ¡La perdimos de vista al final!

Toño sonrió y señaló el foso con los cañones de su escopeta.

–Aquí está –dijo.

Lino y Toribio se abrazaron y gritaron como si de repente se hubieran vuelto locos de remate. Luego, de un salto se encaramaron al muro de piedra. Al ver al animal, tuvieron la misma sensación que Toño y se quedaron mudos durante unos instantes, observándolo con detalle.

–¡Vaya fiera! –exclamó Lino.

–Es bellísima –añadió Toño.

–¿Bellísima? –se burló Toribio–. Yo sólo considero bellísimas a las mujeres, y ni siquiera a todas.

–Toño tiene razón –continuó Lino–. Jamás he visto una loba como ésta. ¡Qué planta! ¡Y qué cabeza! ¿Os habéis fijado en sus ojos?

–Si tanto os gusta, la disecaremos después de matarla.

Toribio empuñó su escopeta con decisión y apuntó a la loba, que permanecía inmóvil en el fondo de aquel foso, con la cabeza erguida, mirando fijamente a los tres hombres.

–Un momento –Toño agarró los cañones del arma y los desvió–. ¿Te has olvidado del juicio? Tú mismo lo dijiste hace un rato. Ya que hemos cazado a la loba en esta trampa de nuestros abuelos, tenemos que proceder como ellos. Y ellos siempre juzgaban al animal antes de matarlo.

–De acuerdo, la juzgaremos –rió Toribio–. Y la condenaremos por sus fechorías.

Lino descendió del muro de piedra, dejó su escopeta en el suelo y se descolgó una mochila de cuero que llevaba a la espalda. Desató unas cintas y la abrió.

–No sé vosotros, pero yo lo primero que voy a hacer es comer un poco –dijo–. Hace horas que tengo el estómago vacío.

Toribio y Toño también bajaron del muro. La palabra «comer» les había causado una reacción inmediata. Los tres llevaban muchas horas sin probar bocado, obsesionados con la caza, y ahora que todo había terminado, devorar la comida que llevaban en sus mochilas se convirtió en una urgencia ineludible. No obstante, antes de comenzar encendieron una fogata para protegerse del frío. Luego se sentaron alrededor, junto a sus mochilas, y dieron buena cuenta de la comida.

Cuando terminaron, Toribio metió una mano en su mochila y empezó a rebuscar en ella. Al instante sacó una botella llena de un líquido transparente como el agua.

–¿A que no sabéis qué es esto? –preguntó a sus amigos entre risas–. Lo guardaba para celebrar el momento en que cogiésemos a esa fiera.

Lino se apresuró a meter la mano en su mochila, de donde sacó otra botella semejante.

–¡Lo mismo que esto! –rió de buena gana.

Toño agarró su mochila y también sacó una botella.

–¡Y lo mismo que esto!

Los tres hombres estallaron en carcajadas sin poder controlarse, como si padecieran un ataque de risa. Destaparon las botellas y comenzaron a beber aquel orujo de elaboración casera, de tan buenas propiedades contra el frío de un atardecer que empezaba a llenar aquellos parajes de profundas sombras.

Al cabo de una hora, con las botellas mediadas, los hombres estaban borrachos, hablaban incoherentemente y reían sin motivo todo el rato. La noche se había apoderado por completo del valle, y las llamas de la fogata eran la única luz bajo las ramas desnudas de los árboles.

–¡No hay nada como el orujo de León! –Toribio volvía a llevarse la botella a los labios.

–Y quien diga lo contrario..., quien diga lo contrario... –Lino no acertaba a terminar la frase.

–Es que no lo ha probado, y además..., además es un desgraciado –concluyó Toño.

Tambaleándose, Toribio se levantó, tropezó con su propia mochila y a punto estuvo de caer de bruces en el fuego. Cuando consiguió incorporarse del todo, cogió su escopeta y se dirigió hacia el muro de piedra.

–¿Qué vas a hacer? –le preguntó Toño.

–Voy a matar a esa fiera.

–No verás lo suficiente.

–Hay luna llena.

–Pero el cielo está muy cubierto, da igual que haya luna llena. No se ve nada.

–La mataré ahora mismo.

Toribio subió a trompicones al muro. Lino y Toño le vieron tambalearse y por un instante pensaron que perdería el equilibrio.

–¡Cuidado! –le advirtió Lino–. Si caes al foso, la loba te descuartizará.

Toribio se encajó la culata de la escopeta en el hombro, apuntó hacia el foso y buscó a la loba con el punto de mira.

–¿Dónde estás? –preguntaba, sin conseguir que su pulso mantuviera quieta el arma–. No te escondas. ¿Dónde te has metido?

Toño y Lino se levantaron también a duras penas y, tambaleándose, se acercaron al muro de piedra del chorco. Ninguno de los dos se sintió con fuerzas para escalarlo.

–¡Un momento! –gritó Lino–. ¡Te olvidas del juicio! ¡Tenemos que juzgar a esa fiera!

–¡El juicio! –recapacitó Toribio–. Es verdad. Hagamos las cosas como debe ser. Bueno, ¿quién será el primero?

–Tú mismo –le animó Toño.

Toribio se aclaró la garganta y trató de engolar su voz; pero, como consecuencia del orujo trasegado, cada dos o tres palabras se le escapaba una especie de gruñido estridente que causaba la hilaridad de sus dos compañeros. No obstante, con grandes aspavientos, pronunció su sentencia:

–Yo, Toribio, te acuso de haber atacado en varias ocasiones a mi ganado, dando muerte a varios jatos y causándome un gran perjuicio, pues valían mucho dinero. Sólo por eso mereces ser condenada a morir, y yo te condeno.

Lino y Toño pronunciaron sentencias semejantes. Cada uno recordaba los estragos que aquella loba había causado en sus ganados. Pero los dos estaban demasiado borrachos para tomarse aquella ceremonia en serio y la risa a menudo se apoderaba de ellos y nublaba hasta sus propios pensamientos. De pronto, un disparo los sobresaltó. Toribio había apretado el gatillo de su arma.

–¿Le has dado? –preguntó Lino.

–No lo sé –respondió Toribio–. No puedo verla bien, pero creo que le he metido la bala entre los ojos.

Toribio hizo un segundo disparo; pero, en esta ocasión, el retroceso de la escopeta le hizo perder definitivamente el equilibrio y se desplomó hacia atrás, cayendo encima de sus compañeros. Los tres rodaron por el suelo.

–¡Maldita sea! –exclamó Toribio.

–¿Acaso quieres espachurrarnos? –Toño seguía riéndose.

–¡Me has tirado el orujo por los pantalones! ¿Te das cuenta? ¡Parece que he meado aguardiente!

Los tres rieron y bromearon a voces durante algún tiempo. Luego decidieron ponerse en pie, para lo cual tuvieron que ayudarse unos a otros. Cuando lo consiguieron, una brizna de sensatez cruzó por sus mentes.

–Debemos buscar un sitio donde pasar la noche –dijo Lino–. Si nos quedamos a la intemperie, nos congelaremos.

–¿Y la loba? –preguntó Toribio.

–De ahí no escapará. Mañana, si no está muerta, la remataremos.

–Podemos llegarnos hasta Caín, o hasta Cordiñanes –intervino Toño–. Alguien nos dará posada.

–Yo no puedo dar un paso más –continuó Lino–. Dormiré en la ermita de Corona. Conozco un sitio por donde podremos cruzar el río con facilidad.

–¡Cómo vamos a dormir en la ermita! –se sorprendió Toño–. La puerta estará cerrada con llave.

–¡Y lo dices tú, que has descerrajado la puerta del chorco!

–Pero... no está bien dormir dentro de una ermita –a Toño no le hacía mucha gracia la idea de Lino.

–Estaría mejor pasar la noche en el Hostal de San Marcos, desde luego.

Lino comenzó a andar, decidido, y sus dos compañeros le siguieron, incapaces de encontrar una solución mejor. Los tres estaban agotados y el exceso de orujo había causado efectos demoledores en sus cuerpos. Necesitaban tumbarse cuanto antes en alguna parte y dormir. Al menos, habían sido capaces de comprender que quedarse a la intemperie con el frío que hacía podría resultar suicida.

No obstante, Toño continuó protestando hasta que llegaron a la puerta de la ermita:

–Sí, lo reconozco. Creo que me da miedo dormir dentro de una iglesia. Tal vez se nos aparezca algún santo, o alguna ánima del purgatorio...

–Tranquilo, Toño; eso sólo pasa en Galicia –intervino Toribio–. Yo he vivido algún tiempo allí y lo sé, pero en estas montañas no sucede.

Forzaron la cerradura de la puerta y entraron en la pequeña ermita de Corona, solitaria, rodeada de vegetación y flanqueada por los murallones de piedra de los Picos de Europa. Se acurrucaron en un rincón, muy juntos, para darse calor. A los pocos minutos, Toño escuchaba los ronquidos de sus dos compañeros y miraba a todas partes, tratando de perforar la oscuridad. Quiso saber si Lino y Toribio dormían y, para comprobarlo, hizo un comentario, tratando de reanudar la conversación:

–Dicen que en esta ermita fue coronado rey don Pelayo.

Pero sólo obtuvo unos cuantos ronquidos por respuesta.

–Sólo falta que no me pueda dormir –se quejó en voz alta.

Pero sus temores no tenían fundamento. Él estaba tan cansado y borracho como sus amigos. Por eso, sus propios ronquidos se unieron enseguida a aquel coro estrafalario.

Capítulo segundo

La huida

ANTES de dirigirse al chorco, Carlos quiso cerciorarse de que aquellos tres hombres dormían, así que se acercó con sigilo hasta la ermita de Corona y empujó la puerta con suavidad. No pudo evitar que los viejos y oxidados goznes de hierro chirriasen. Se apartó de un salto del umbral y se pegó a la pared, donde permaneció inmóvil durante unos segundos, conteniendo incluso la respiración. Pero pronto descubrió que no tenía nada que temer, pues los tres hombres dormían a pierna suelta en el interior. Sus ronquidos retumbaban en la nave vacía; la fatiga y el orujo los habían dejado fuera de combate.

En el cielo, empujadas por un viento gélido, las nubes se desplazaban a gran velocidad y perdían parte de su espesura; parecían deshilacharse en múltiples jirones, a los que la luna llena, que a veces se vislumbraba, daba un aspecto fantasmagórico. Ello hacía que, por momentos, en el valle aumentase la claridad de forma sorprendente, ya que la luz de la luna se reflejaba en las blanquecinas paredes rocosas y en la nieve, que cubría hasta las copas de los árboles.

Decidido, Carlos echó a correr hacia el río y lo bordeó hasta un lugar por donde, debido a la acumulación de piedras, podía cruzarse con facilidad. Su rostro juvenil estaba cubierto por una fina capa de sudor y de su boca y sus fosas nasales, como si de un géiser se tratase, emanaban columnas de vaho. Además, el pelo largo y enmarañado se le pegaba a la frente y a las mejillas, tapándole a veces hasta los ojos. En esas ocasiones, se lo apartaba de un manotazo sin dejar de correr. Ascendió la pequeña pendiente hasta la carretera y cruzó en dirección al chorco.

Al llegar, se precipitó hacia la entrada. Quitó las grandes piedras que los tres cazadores habían colocado, abrió la puerta e introdujo medio cuerpo por el vano, quedando asomado al foso.

–¿Estás bien? –preguntó con voz angustiada–. ¿Estás bien?

La loba dio unos pasos y se situó en la zona del chorco donde había más claridad. Al verla sana y salva, el gesto de Carlos perdió toda tensión.

–¡Menos mal! –suspiró–. Cuando oí esos disparos creí volverme loco. Vigilaba sus movimientos desde arriba. Fue una jugarreta utilizar este chorco, que hasta hoy era una reliquia del pasado. Pero... ¡tengo que sacarte de aquí cuanto antes!

Carlos se dirigió al lado contrario, donde se abría otra puerta más baja. Los chorcos tenían una puerta de entrada y otra de salida; por la primera se metían los lobos sin darse cuenta cuando se veían acosados por sus perseguidores; por la segunda eran sacados sin vida. Pero la puerta de salida era de hierro y estaba bien cerrada. Intentó abrirla por todos los medios, pero no lo consiguió. Volvió entonces a la puerta de entrada y, sin pensarlo dos veces, se lanzó al foso.

–Te ayudaré a salir –dijo a la loba.

Luego se colocó a cuatro patas, e incluso se inclinó hacia atrás, para que su cuerpo estuviese más cerca del suelo.

–¡Vamos! ¡Súbete a mi espalda! ¡Intenta sujetarte! Cuando yo esté completamente incorporado, impúlsate apoyando las patas en mis hombros. Así podrás salir de aquí.

La loba, como si hubiese entendido a la perfección estas palabras, se subió a su espalda, apretando las patas delanteras alrededor de su cuello. Carlos podía percibir el aliento del animal en su cuello y en sus mejillas.

–¡Agárrate fuerte, que voy a levantarme!

Carlos se incorporó despacio. Con sus manos, sujetaba como podía al animal por los flancos, para que no resbalase. Cuando estuvo de pie, gritó con decisión:

–¡Ahora! ¡Salta!

La loba se contrajo, de forma que sus patas traseras casi se juntaron con las delanteras sobre los hombros de Carlos, luego se impulsó con fuerza y voló hacia la abertura de la puerta, que alcanzó sin mucha dificultad. A pesar del grueso anorak, Carlos había sentido cómo las uñas del animal se clavaban en su piel.

La loba se había vuelto enseguida y ahora permanecía muy quieta, mirando a su salvador.

–No te preocupes por mí. Creo que podré escalar este muro de piedra; hay muchos salientes donde agarrarse y apoyar los pies. ¿No te lo crees? Pues observa.

Con gran agilidad, Carlos trepó por las piedras y, aunque resbaló en varias ocasiones, consiguió llegar junto a la loba. Se dejó caer a su lado e introdujo sus dedos entre el frondoso y largo pelo que rodeaba el cuello del animal.

–¡Qué susto me has dado!

La loba se acurrucó junto a él y comenzó a lamerle el cuello y la barbilla.

–¡Quieta! ¡Quieta! –rió Carlos–. Tenemos que salir de aquí enseguida. Queda muy poco tiempo ya y los caminos están cubiertos de nieve.

Carlos se incorporó y echó a correr, atravesó la empalizada por un lugar donde había un tronco roto y empezó a remontar el valle. La loba le seguía a muy corta distancia. Llegaron a un claro y se detuvieron un instante para recobrar un poco de aliento. Miraron hacia atrás. La luna había asomado por un agujero que, de repente, las nubes habían abierto en el cielo, y el lugar cobró un aspecto irreal y misterioso. La loba miró hacia lo alto, irguió su cabeza y aulló. Y su aullido, largo y claro, invadió todo el valle, desde el lecho del río hasta los últimos riscos helados.

Capítulo tercero

El Húmedo

RECOGIDA la última procesión del Jueves Santo, la gente se había retirado a toda prisa a sus casas, pues el frío, impropio de aquellas fechas, parecía cebarse en la ciudad. Algunos charcos ya estaban helados, y el viento corría enfurecido por las calles.

Pronto, la plaza de Santo Domingo, y Ordoño, y la calle Ancha, y los alrededores de la catedral, quedaron desiertos. Pero la imagen que podía percibirse a simple vista era un poco engañosa; la ciudad no se había dormido aún, y muy cerca de esos lugares vacíos, en los bares de las callejuelas un poco laberínticas del Húmedo, mucha gente, jóvenes en su mayoría, se apretujaba hasta extremos increíbles. Se *cenaba* con las tapas que acompañaban a los vinos y las limonadas, tomados aquí, y allá, y enfrente, y a la vuelta... Como casi siempre, la temperatura del Húmedo nada tenía que ver con la del resto de la ciudad.

Y entre ese tropel de gente, un poco perdidos y desorientados, se encontraban Andrés, un muchacho que no aparentaba más de dieciocho años, y Valentín Palacios, un hombre que rondaría los cuarenta. Ambos habían llegado en automóvil desde Madrid esa misma mañana. Se alojaron en el hotel París, en la calle Ancha, es decir, en pleno centro de la ciudad, un viejo hotel recientemente remozado que aprisiona entre sus antiguas paredes un encanto especial, difícil de igualar por otros hoteles con más estrellas. Habían tomado el menú del día en Fornos, el restaurante situado tras el hotel, y pasaron la tarde haciendo conjeturas en varias cafeterías. Al anochecer, como unos turistas más, al reclamo de cornetas y tambores, salieron a la calle para ver la procesión. Y luego, sin saber muy bien qué hacer, se dejaron llevar por el gentío hacia el barrio Húmedo.

En el primer bar al que entraron, un parroquiano con el rostro colorado como una sandía abierta trabó conversación con ellos y les puso al corriente de muchas cosas que ignoraban.

–Así que sois forasteros. Hay muchos forasteros estos días en León. ¿Os gustan las procesiones?

–No hemos venido a ver procesiones –respondió Valentín, al que le incomodaba un poco la súbita familiaridad de aquel hombre que apestaba a vino a tres metros de distancia y que, al hablar, se empeñaba en acercarse, como si disfrutase echándoles el aliento en plena cara.

–Os diré lo que tenéis que hacer esta noche para pasarlo bien –continuó el hombre, impasible–. Ahora hay que tomar limonada, que es lo típico en Semana Santa, aunque yo prefiero el vino. Con las tapas que te ponen se va llenando el estómago. Y con el estómago lleno, hay que empezar a darle al orujo, que es el mejor remedio para combatir este frío que se te mete por todas partes. Cuando salga el entierro de Genarín, tenemos que estar todos bien mamados.

Tras mirarse, Andrés y Valentín se encogieron de hombros.

–¿Un entierro? –preguntó el muchacho.

–¡El de Genarín! Pero ¿no habéis oído hablar del entierro de Genarín?

–Pues no.

–Se nota que sois forasteros. Os contaré la historia –el hombre pidió vino para los tres y comenzó el relato–: Genarín era un pellejero ambulante al que le gustaban mucho el orujo y las putas; por eso, la mayor parte del tiempo iba bien alumbrado. Ya me entendéis, ¿verdad? Una noche de Jueves Santo se encontraba junto a la muralla, algunos dicen que evacuando el vientre, cuando se le echó encima el camión de la basura. ¡Pobrecillo!

–¿Y cuándo ocurrió eso? –volvió a preguntar Andrés, al que aquella historia le había despertado la curiosidad.

–Pues... hace tiempo; más de sesenta años, ya lo creo.

–¿Y lo entierran hoy? –rió Andrés–. ¡Pues estará bueno el muerto!

–Desde entonces lo enterramos todos los años los de su cofradía y muchos curiosos que nos acompañan.

–¿Y qué cofradía es ésa?

–Pues está muy claro, chaval. Pertenecemos a ella todos los aficionados al orujo de León, que somos unos cuantos –el hombre pidió más vino y continuó hablando–: Pero me extraña que nunca hayáis oído hablar de Genarín, si hasta escritores importantes le han dedicado versos y libros enteros.

Valentín Palacios, que estaba acodado sobre el mostrador, giró la cabeza y se quedó mirando fijamente a aquel hombre, como si alguna de sus palabras hubiese llamado su atención.

–¿Escritores? –preguntó.

–Sí, y muy buenos, según tengo entendido, que yo no soy hombre de letras y me cuesta leer hasta el *Marca.*

–¿Ha oído hablar de Morlán, Marcelo Morlán?

–No me suena.

–Es un escritor que probablemente vive en León. Tiene unos cincuenta años, es muy alto, más que yo, y corpulento; tiene el pelo largo y blanco, y la barba también.

–¿Y dice que vive en León?

–Eso creo, tal vez en algún pueblo de las montañas.

–Ya decía yo que no me sonaba; pero, claro, si vive en las montañas... León es muy grande, la provincia, se entiende.

Valentín pagó la última ronda y le hizo un gesto a Andrés para marcharse. Se abrieron paso entre la multitud que llenaba el bar y dejaron a aquel hombre en la barra pidiendo otro vaso de vino. Al salir a la calle, sintieron en pleno rostro un azote frío y húmedo, pero sus cuerpos se habían calentado lo suficiente como para soportarlo.

–¡Qué iluso eres! –dijo Andrés a Valentín–. Crees que el primer borracho que se nos cruza en el camino va a decirnos dónde está mi tío.

–Ya sé que fue una tontería, pero al oírle hablar de escritores... No lo pude evitar.

Llegaron a la plaza Mayor, que sólo en la parte que linda con el Húmedo ofrecía algo de animación en sus soportales. El resto era una imagen desolada. Valentín se dirigió hacia el centro y, como un torero que brinda su faena a la concurrencia, recorrió aquel espacio con la mirada y no le pareció gran cosa. Luego regresó junto a Andrés, que en esos momentos encendía un porro.

–¿Cuántos canutos llevas hoy? –le preguntó algo molesto.

–No suelo contarlos –Andrés hizo un gesto despectivo.

–Te estás pasando.

–Oye, tú no eres mi padre. Déjame en paz.

Valentín se subió el cuello del abrigo y metió las manos en los bolsillos.

–¿Nos vamos al hotel o tomamos la última? –preguntó.

–Tomamos la última.

–Pero que sea en un sitio donde nos podamos sentar. Estoy molido. Hoy me he levantado a las seis de la mañana, y yo no estoy acostumbrado a madrugar.

Abandonaron la plaza Mayor y callejearon un rato hasta que se dieron de bruces con un bar llamado «El Cafetín», en la calle de la Sal. Era un lugar aparentemente más espacioso, donde la gente, sentada en su mayoría, más que a tomar vinos o limonada, iba a charlar un rato.

–Creo que esto es lo que necesitas –dijo Andrés, ya dentro del local–. Pero dudo que encontremos una mesa libre.

El local lo formaban dos salas comunicadas entre sí. La primera, más grande, donde se encontraba el mostrador, estaba abarrotada. Decoraban sus paredes numerosos cuadros con fotografías antiguas y láminas de pintores modernos, como Botero, además de un reloj de pared y un viejo aparato de radio. A la segunda sala se accedía por un arco, tras dejar atrás los retratos de dos genios del jazz,

Charlie Parker y Dizzy Gillespie; era más pequeña, y sus paredes estaban totalmente recubiertas por reproducciones de carteles de cine a pequeña escala. También todas las mesas estaban ocupadas allí, pero en ese momento, y como por arte de magia, una pareja se levantó de sus sillas dispuesta a abandonar el local. Andrés y Valentín se abalanzaron hasta la mesa que quedaba libre y consiguieron llegar antes que un par de chicas que se abrían paso desde el extremo opuesto.

–Lo lamento, nenas –Valentín fingió unas disculpas–, pero soy muy viejo y estoy molido. Si no me siento, me desmayaré.

–Encima no te quedes con nosotras –una de las chicas le dedicó un elocuente gesto de desprecio.

Se acomodaron en aquella mesa y miraron con curiosidad a su alrededor. Estaban rodeados por todas partes de carteles de películas legendarias: *El sueño eterno, Campanadas a medianoche, Al este del Edén, Las minas del rey Salomón, El halcón maltés*... Al momento, un camarero alto y joven retiró los vasos que había sobre la mesa y pasó un paño húmedo por la superficie.

–¿Qué vais a tomar? –les preguntó.

–Orujo –respondió Valentín.

–¿Orujo? –se extrañó un poco el camarero.

–¿No se puede tomar orujo aquí?

–Sí, sí. ¿Queréis dos chupitos?

–No, una botella.

El camarero se encogió de hombros y se alejó hacia la barra. Al instante, regresó con una botella llena y dos vasos pequeños.

–En mi vida he probado el orujo –dijo Andrés, mirando la botella–. Parece agua. ¿A qué sabe?

–Ahora lo verás.

Valentín llenó los dos vasos, levantó el suyo e hizo con él un gesto a Andrés, como dándole a entender que iba a beberlo a su salud. Luego, de un solo trago, lo vació.

–Hay que beberlo así, de un trago, sin pensarlo.

Andrés tomó su vaso y repitió los movimientos de Valentín. También lo vació de un solo trago, pero, al instante, su cara mudó de color, hizo una mueca extraña con la boca y se llevó las manos a la garganta.

–¡Joder! –exclamó.

–¿Qué te ha parecido?

–Fuego.

–Tómate otro vaso.

–No, no. Paso del orujo. Que te aproveche.

Valentín se sirvió otro vaso, que bebió de igual manera, y un tercero. Andrés hizo un gesto al camarero con su brazo y, cuando se acercó, le dijo:

–Tráeme una *coca-cola*.

Al cabo de dos horas, Andrés se había bebido tres *coca-colas* y Valentín había perdido la cuenta de los vasos de orujo. Llevaba varios minutos inmóvil, acodado sobre la mesa, y miraba fijamente la botella. Los ojos le brillaban y las mejillas se le habían encendido. Al ver pasar a su lado al camarero, estiró uno de sus brazos y le sujetó por la camisa.

–Un momento –dijo, y Andrés notó que hasta el tono de su voz parecía distinto.

–¿Queréis algo más? –preguntó el camarero.

–¿Conoces a Marcelo Morlán, el famoso escritor?

–No.

–Tal vez venga por aquí a tomarse alguna copa; a él le gustaba tomarse copas en sitios como éste –insistió Valentín–. Tiene alrededor de cincuenta años, es alto y corpulento, con el pelo y la barba blancos y largos...

–El nombre me suena, pero no lo he visto en mi vida –contestó el camarero, y se alejó hacia el mostrador.

Andrés negó con la cabeza y apartó la botella para que Valentín no se sirviera un vaso más.

–¿Pero tú crees que así lo vamos a encontrar?

–¿Se te ocurre algo mejor?

–No podemos ir por la calle preguntando a todo el mundo si conoce a un escritor llamado Marcelo Morlán. Es ridículo.

–¡Qué podemos hacer si no! –Valentín dio un puñetazo sobre la mesa que hizo tambalearse la botella.

–¡Esta mañana lo sabías perfectamente! –se molestó Andrés y elevó el tono de su voz–. Dijiste que lo más probable sería que mi tío se alojara en un hotel modesto, porque siempre le había gustado vivir así. Pues bien, ya tenemos por dónde empezar a preguntar. Además, están esas colaboraciones esporádicas en el *Diario de León;* los del periódico tendrán que saber algo de él. Mañana empezaremos a indagar, pero deja de preguntar al primero que se te cruce en el camino.

–Tú no puedes entenderlo, Andrés –Valentín se mostraba ahora completamente abatido–. ¡Necesito encontrarlo! ¡Ya no puedo esperar más! ¿Lo entiendes?

–Claro... Tú mismo te has encargado de explicármelo un montón de veces.

Andrés no quería volver a escuchar aquella historia; por eso intentó pensar en algo agradable, en algo que lo envolviera y lo trasladara lejos. Se imaginó el mar. El verano anterior había contemplado una puesta de sol encaramado en unas rocas del cabo de San Vicente, en Portugal. Trató de rememorar aquellas imágenes y su mente se llenó de una inmensidad en continuo movimiento, dorada y azul.

–Conocí a tu tío hace siete años –comenzó a hablar Valentín, con la mirada baja, perdida entre las vetas de madera de la mesa–. Lo conocí personalmente hace siete años, pero antes ya lo había leído, claro. Yo sobrevivía con mi pequeña y modesta editorial. Una mañana me llamó por teléfono; quería hablar urgentemente conmigo. Recuerdo que quedamos esa misma tarde en un viejo bar de Madrid, creo que en Cuatro Caminos. Él me mostró el manuscrito de su última novela y me lo ofreció para publicarlo. Estaba harto de las multinacionales y quería que su libro saliese en una editorial modesta e independiente, como la mía. Yo, claro, no podía creérmelo. Tenía en mis manos una obra por la que las más importantes editoriales del mundo pagarían millones. Redactamos un contrato a mano sobre una mesa del bar y él lo firmó; me cedía los derechos de edición para todo el mundo. Aquella misma noche leí el libro; era sencillamente extraordinario. Al día siguiente intenté localizarlo, pero mis esfuerzos resultaron inútiles. Marcelo Morlán había desaparecido sin dejar rastro, como si la tierra se lo hubiera tragado. Al cabo de dos meses se publicó la novela y de la noche a la mañana se convirtió en un bombazo: recibió el Premio de la Crítica mientras las ediciones se sucedían vertiginosamente; se tradujo al francés, al inglés, al italiano, al alemán, al japonés... En todas partes se hablaba de Marcelo Morlán, a pesar de que él había desaparecido misteriosamente.

Ajeno a las palabras de Valentín, Andrés se sumergía en un mar que ahora se había vuelto rojizo, y seguía una deslumbrante estela que le conducía directamente hacia el disco del sol, un sol que estaba a punto de ser engullido por el océano.

–¿Lo entiendes, Andrés? –Valentín lo agarró por un brazo y lo zarandeó.

Andrés regresó a la realidad.

–Creo que debemos volver al hotel. Tengo sueño.

–Ya han pasado siete años desde que se publicó aquel libro –continuó Valentín–. ¿No lo entiendes? Necesito un nuevo libro de Marcelo Morlán, la editorial lo necesita, estamos al borde de la ruina. Sólo un nuevo libro de tu tío podría salvarnos.

–Tal vez no haya vuelto a escribir.

–¡Un escritor no puede renunciar a escribir! –gritó Valentín, visiblemente alterado–. ¡Estoy seguro de que ha escrito un nuevo libro! ¡Estoy seguro! ¡Y también estoy seguro de que, si lo localizamos, Marcelo Morlán me cederá los derechos de edición! ¡Estoy completamente seguro!

En esta ocasión fue Andrés quien agarró a Valentín por los brazos para calmarlo un poco.

–Nos vamos al hotel ahora mismo –le dijo.

–Dame otra copa de orujo.

Andrés agarró la botella y, aprovechando que el camarero pasaba cerca, se la entregó.

–Ya puedes llevártela, y tráenos la cuenta, por favor.

Capítulo cuarto

El encuentro

ANDRÉS agarró a Valentín por las axilas y tiró de él con fuerza hasta que consiguió levantarlo.

–Vamos a la calle; te vendrá bien un poco de aire fresco.

Lo cogió del brazo y atravesaron la sala del bar, que continuaba muy animado, aunque en ese momento mucha gente comenzaba a levantarse y se dirigía hacia la puerta de salida. Por ese motivo, la puerta estaba taponada.

–¿Qué ocurre? –preguntó Valentín.

–No lo sé.

Llegaban desde la calle algunos gritos, coreados por muchas voces, y se escuchaban algunas detonaciones, como si de cohetes o petardos se tratase. Andrés, que no acertaba a comprender qué estaba pasando fuera, se abrió paso como pudo entre la muchedumbre hasta alcanzar la puerta. Valentín lo seguía, agarrado a su brazo. La calle estaba abarrotada de gente, que cantaba y bailaba; las botellas pasaban de mano en mano y de boca en boca.

–Pero... ¿qué ocurre? –preguntó Andrés a una muchacha que se encontraba a su lado en esos momentos.

–Nada –respondió la chica.

–¿Y todo este follón?

–El entierro de Genarín. ¿Todavía no te has enterado?

–Es que... no soy de aquí –Andrés trató de encontrar una excusa para justificar su ignorancia.

–Ya ha salido de la plaza del Grano, y está atravesando el Húmedo. No tardará en llegar.

Y la muchacha levantó su brazo para llamar la atención de alguien que estaba al otro lado de la calle. Cuando consiguió su propósito, se perdió entre la muchedumbre.

–¿Has oído eso? –Andrés se volvió a Valentín.

–¿El qué?

–Que lo del entierro era verdad.

Caminaron entre la gente hacia otra calle, donde la multitud parecía esperar con impaciencia. De pronto, alguien empezó a gritar con toda la fuerza de sus pulmones:

–*¡Genaaaro! ¡Genaaaro! ¡Genaaaro!*

Y todos los allí congregados, a una, comenzaron a corear ese nombre.

En ese instante, por el fondo de la calle apareció una enorme figura de tela de aspecto estrafalario, flanqueada por algunas antorchas encendidas. Aquella imagen grotesca representaba a un hombre que llevaba una botella en la mano y que, por los colores de sus mofletes y el brillo de sus ojos, simulaba estar más borracho que sobrio. Quienes la portaban, además, la balanceaban a un lado y a otro, como si el muñeco gigante caminase dando tumbos.

Los que esperaban en la calle parecieron volverse locos de repente, y comenzaron a saltar y a corear distintas frases. Casi todas hacían referencia a Genarín, o Genaro, según lo exigiera la rima de los estribillos, y al orujo. Las botellas y los vasos sacados de los bares eran alzados a lo alto. El viento se contaminó del aroma penetrante del aguardiente y lo esparcía con generosidad por toda la zona.

A pesar de ese ambiente cálido y festivo, el frío de la noche no había amainado, circunstancia que favoreció una reacción de Valentín, que salió de ese estado de amodorramiento en que se había sumido en el interior del bar. Junto a Andrés, asistía perplejo al espectáculo. Ante la proximidad del cortejo, la gente comenzó a apartarse hacia las aceras para dejar libre la calzada. Algunos comenzaron a chistar, pidiendo silencio respetuoso, aunque sólo lo consiguieron a medias.

Pronto pasó ante sus narices la comitiva bufa de aquel esperpento, que cada año rememora, con litros de orujo y decenas de versos, la muerte de Genaro, el pellejero aplastado contra los cubos de la muralla por el primer camión de la limpieza que hubo en León.

Tras el gigante de tela, varias personas, vestidas de plañideras, llevaban a hombros unas angarillas, sobre las que había una corona de laurel, algunas naranjas, un queso y una botella de orujo. Una vez hubo pasado el cortejo, la gente se lanzó tras él en gozosa algarabía, y Andrés y Valentín se dejaron llevar complacidos.

Recorrieron la angosta calle hasta desembocar en la plaza de Regla, frente a la catedral. Allí, la comitiva se detuvo un instante y los cánticos arreciaron entonces; pero como el frío y el agua nieve también arreciaban, el cortejo reemprendió enseguida la marcha, y a paso más que ligero. Volvieron a callejear, en busca de la Puerta Castillo, o el arco de la cárcel, como popularmente se conoce el lugar, y por allí se abrazaron a la vieja y maltratada muralla. Habían llegado al punto de destino, pues en ese mismo lugar, en el tercer cubo en dirección al barrio de San Lorenzo, ocurrió la trágica muerte de Genarín. Y allí, después de leer encendidos poemas, tenía lugar la ofrenda de los alimentos y el orujo, para que el borracho incorregible tuviese con qué alegrarse el espíritu en la otra vida.

Andrés estaba absorto contemplando todo lo que pasaba a su alrededor. De pronto se dio cuenta de que, con el tumulto, había perdido a Valentín, por lo que giró su cuerpo hacia atrás para buscarlo con la mirada. Y en ese instante chocó contra una muchacha que, seguida de un joven, se abría paso en dirección contraria.

–Perdona... –sólo pudo decir Andrés.

Y su voz se diluyó en su garganta, impresionado por el rostro que acababa de descubrir a escasos centímetros del suyo.

La muchacha se detuvo, se le quedó mirando fijamente y sonrió. Iba envuelta en una especie de chaquetón muy ancho con capucha y, sobre él y a la altura del cuello, llevaba anudada una bufanda de lana, de forma que apenas quedaba al descubierto una parte de su cara, enmarcada por sus largos y revueltos cabellos. Pero dentro de aquella orla de pelo y lana había unos ojos grandes de una transparencia asombrosa, unos ojos que parecían no tener fin y que estaban dispuestos a tragarse entero a quien los mirase; y una nariz perfecta, enrojecida por el frío; y unos labios gruesos, sonrosados, que dejaban entrever unos dientes que brillaban con luz propia en medio de la noche festiva; y una boca húmeda que exhalaba nubecillas de vaho al ritmo de una respiración acelerada.

Empujados por la multitud, sus dos cuerpos se juntaron, hasta el extremo de que sus alientos se mezclaron y ascendieron juntos, como si de una misma bocanada se tratase. Luego, el joven que acompañaba a la muchacha la agarró por uno de sus brazos y tiró de ella, hasta alejarla unos pasos en dirección a la muralla. Andrés, no repuesto aún de la impresión, se quedó como alelado, sin poder dejar de mirarla. A veces se interponían cabezas y cuerpos, pero sus ojos volvían a encontrarla siempre, y sus miradas, como atraídas por un poderoso imán, se fundían, porque ella tampoco dejaba de observarlo.

De pronto sintió una voz a sus espaldas.

–¿Dónde te habías metido?

Era Valentín.

–No me he movido de aquí –reaccionó Andrés.

–Esto parece que se acaba.

Un foco se había encendido y dirigía su luz hacia la muralla, iluminando a un hombre que trepaba con agilidad por ella, con la corona de laurel enganchada en uno de sus brazos y una especie de zurrón a la espalda. Ascendió al menos cuatro o cinco metros y se detuvo junto a un pequeño saliente. Allí colocó la corona y lo que llevaba en el zurrón: un queso, unas naranjas y una botella de orujo. El espíritu de Genarín estaba servido. La multitud congregada en la calle prorrumpió en aplausos.

Valentín se dio cuenta de que Andrés había permanecido ajeno a la ceremonia final y, por el contrario, no había quitado ojo a una muchacha que también lo miraba, a pesar de ir acompañada por un joven apuesto, alto y fuerte, embozado en un grueso anorak.

El frío hizo que la gente se dispersase a toda prisa. Unos enfilaban la carretera de los Cubos, hacia El Ejido; otros cruzaban hacia la plaza del Espolón, para luego seguir hasta la estación de Matallana, o las Ventas; los más volvían a atravesar el arco de la cárcel y se dirigían hacia el centro de la ciudad.

Sobre el asfalto húmedo de la calle, junto a la muralla, sólo quedaban unas cuantas personas que desmontaban a toda prisa el foco y el equipo de megafonía que se había empleado para leer los últimos poemas, y dos extrañas parejas, separadas entre sí por diez o doce metros de distancia. Una de ellas la formaban Andrés y Valentín. Este último, aterido de frío, se arrebujaba dentro de su abrigo. La otra estaba compuesta por una muchacha cuyas formas ocultaba un enorme chaquetón que casi le llegaba a las rodillas, pero con unos ojos tan bellos y misteriosos que no parecían de un ser humano, y por un joven que permanecía a su lado, inmóvil, como un perro fiel y obediente. Ajenos a todo lo demás, Andrés y la muchacha no dejaban de mirarse, como si sus ojos estuvieran atrapados por un misterioso puente que los unía.

–¡Vámonos ya! –dijo Valentín, y zarandeó a Andrés para hacerle reaccionar–. ¡Estoy helado!

–Necesito hablar con ella... –le respondió Andrés, ensimismado.

–Sí, es muy guapa –continuó Valentín, frotándose las manos–. ¡Y qué ojos! Pero va acompañada, y ese tipo del anorak está cachas. Si quieres un consejo, olvídala y regresemos al hotel cuanto antes.

–Necesito hablar con ella... –repitió Andrés, sin escuchar las recomendaciones de Valentín.

El joven del anorak cogió a la muchacha por un brazo y tiró de ella con suavidad, iniciando la marcha al mismo tiempo. Sin duda, pretendía alejarla de allí, pero la joven no se movió y él desistió en su empeño.

–La verdad es que ella no deja de mirarte –reconoció Valentín–. ¡Madre mía! ¡Qué ojos tiene! Pero ten cuidado con el tipo del anorak; debe de ser su novio y estará celoso.

Andrés dio unos pasos hacia la muchacha, pero se detuvo a mitad de camino. Entonces fue ella la que avanzó hacia él, hasta que los dos cuerpos volvieron a estar muy cerca, hasta que los dos alientos volvieron a fundirse en medio de la noche gélida.

–¿Cómo te llamas? –preguntó ella.

–Andrés.

–Tú no eres de aquí –afirmó después.

–No.

–Tampoco eres uno de esos turistas que vienen a ver la catedral y las procesiones.

–No. Pero... ¿cómo lo sabes?

–¿Y a qué has venido? –la muchacha respondió con otra pregunta.

–Busco a una persona.

La muchacha amplió su sonrisa. Y sus labios, y sus mejillas, y su rostro entero, dibujaron una mueca deliciosa.

–Tengo que marcharme.

–Pero... ¿volveremos a vernos? –preguntó Andrés, temeroso de una despedida para siempre.

–Seguro que sí.

Ella retrocedió un paso, hacia el joven del anorak.

–¿Cómo te llamas? –preguntó Andrés, que no sabía qué hacer para retenerla un instante más a su lado.

–Puedes llamarme... Estela –respondió ella, encogiéndose de hombros–. Siempre me ha gustado ese nombre.

–Pero, ¿te llamas así? –volvió a preguntar Andrés, cada vez más confuso.

La muchacha siguió retrocediendo, sin dejar de mirar a Andrés, hasta que llegó junto al joven del anorak. Le cogió de la mano, y sólo en ese instante dio la espalda a Andrés. Luego hizo un gesto con la cabeza y, al momento, los dos echaron a correr por la desierta carretera de los Cubos, sin soltarse las manos. Y su carrera no era un trotecillo lento para entrar en calor, sino un galope largo y desbocado. En unos segundos, llegaron al lugar donde la muralla dobla en ángulo recto hacia la catedral, se internaron entre las casuchas bajas de la calle Pelayuelo y desaparecieron.

Andrés permanecía inmóvil, como si se hubiera convertido en una estatua de piedra, o mejor, teniendo en cuenta la temperatura, de hielo. Valentín se acercó a él y se colocó justo delante, impidiéndole la visión con su cabeza.

–¡Despierta! –le gritó.

–Tú lo has visto, ¿verdad? –acertó a decir Andrés.

–Sí, lo he visto. Y, si me hubiera pasado a mí, reconozco que estaría como tú.

Valentín le pasó un brazo por los hombros y le obligó a dar la vuelta. Caminaron hacia el arco de la cárcel, donde sólo quedaban dos personas guardando en una furgoneta el equipo de megafonía y luz.

–¿Vamos bien por aquí al hotel París? –les preguntó Valentín.

–Sí –les respondieron–. Todo seguido hasta la calle Ancha, y luego torcéis a la derecha. Allí mismo está el hotel.

Capítulo quinto

Los recuerdos

ANDRÉS se revolvió en su cama y miró hacia la de Valentín. La escasa claridad que llegaba desde la calle a través de las ranuras de la persiana apenas le permitió vislumbrar un bulto confuso e inmóvil. Se tumbó de nuevo boca arriba y durante un rato, con la mirada perdida en el techo de la habitación, estuvo escuchando los ronquidos de su compañero de viaje, que dormía plácidamente desde que se metió en la cama.

Le asaltaban multitud de pensamientos a la vez, lo cual le creaba inquietud y desasosiego, y en ese estado no podía conseguir conciliar el sueño, como era su deseo.

Por un lado, en su mente se había instalado la imagen de esa chica increíble que había conocido hacía apenas una hora; se preguntaba una y mil veces qué demonios haría para volver a verla, pues esa posibilidad le parecía sencillamente remota, a pesar de que León no es una ciudad donde uno pueda perderse para siempre, como Madrid o Barcelona. No sabía cómo ni dónde, pero al día siguiente la buscaría por todas partes: por las calles, por los bares, entre las columnas de la catedral... Estaba dispuesto incluso a preguntar casa por casa, puerta por puerta, hasta encontrarla.

Por otro lado, se contemplaba a sí mismo en Madrid, inmerso en su vida cotidiana, una vida que últimamente le parecía aburridísima y aterradoramente sin sentido. Se veía caminando por las aceras de su barrio en dirección al instituto, se encontraba con dos o tres amigos y juntos llegaban hasta la puerta del centro, pero no se detenían y pasaban de largo, y se perdían por la gran ciudad sin ningún otro motivo que el deseo de perderse. No le importaban los reiterados suspensos, ni las amenazas de los profesores, ni las cartas a sus padres, ni haber repetido curso... A media mañana, hartos de caminar como sonámbulos de acá para allá, acababan tirados sobre el césped de algún parque, y si el tiempo era malo y llovía, se refugiaban en alguna sala de billares y juegos.

Nada le gustaba a Andrés del mundo que le había tocado vivir, empezando por sus padres, modernos y sabelotodo, que se empeñaban en querer ser más jóvenes que él mismo, y por eso pretendían robarle su espacio, su música, su ropa, sus ideas y hasta su rebeldía. Y, sin embargo, se olvidaban de cosas tan elementales como hablar, o como amarse. Se limitaban a soportarse con una indiferencia y una rutina que helaba la sangre. La primera y única regla de juego en su casa era el silencio, el silencio absoluto. Pero se trataba de un silencio muy extraño, lleno de ruidos, porque, aunque era cierto que nadie hablaba entre las cuatro paredes de la casa, ninguno soportaba la calma sobrecogedora y clarividente del silencio. Por eso los ruidos se amontonaban de manera caótica en su casa: la televisión, cuando no las televisiones; la radio, algún disco, la lavadora, el aspirador... Siempre un ruido que evitase el silencio y, con él, la desnudez de unas almas que casi no podían reconocerse entre sí, a pesar de toda una vida en compañía.

Recordaba Andrés muchas noches en que su madre veía la televisión con los auriculares inalámbricos puestos, al tiempo que su padre, con otros auriculares acoplados en las orejas, se amodorraba en su butaca escuchando *Los Cuarenta Principales* por la radio. Y, mientras, él mismo, sentado en el suelo y apoyado en uno de los brazos del sofá, oía alguna cinta en el *walkman,* por supuesto, con otros auriculares. Sólo en aquellos instantes el salón, y la casa entera, se llenaban de silencio. Si alguien hubiese entrado desde fuera no habría escuchado ruido alguno. ¡Qué gran paradoja!

Andrés pensaba que sus padres estaban tan perdidos y desorientados como él, pero no los disculpaba: si se encontraban así era porque se lo habían ganado a pulso, porque jamás se plantearon ser ellos mismos, por encima de todos los convencionalismos que los envolvían. Sin embargo, a él no le habían dejado otra opción. Y, encima, pretendían apoderarse hasta de su tiempo y de su juventud.

«¡No quiero unos amigos! ¡Los amigos me los busco yo! ¡Quiero unos padres!», les había gritado en una ocasión sin meditar sus palabras, sin saber muy bien lo que deseaba al pronunciar la palabra *padres;* luego, se tapó los oídos para no escuchar una respuesta que se sabía de memoria.

No entendía nada del mundo que le había tocado en suerte, o en desgracia; no entendía a la gente que le rodeaba; ni siquiera se entendía a sí mismo. Por eso perdía los nervios cuando sus padres le recordaban que era muy afortunado por vivir en los tiempos que vivía. Por eso también prefería taparse los oídos, y envidiaba al avestruz, que podía incluso enterrar su cabeza bajo la tierra.

Andrés era consciente de que no sentía interés ni curiosidad por nada en especial, lo cual no le preocupaba demasiado. No tenía ninguna ilusión por estudiar, pero tampoco la tenía por trabajar. Al contrario que algunos de sus amigos, no ansiaba ganar dinero y estaba convencido de que podría sobrevivir sin nada. Su única aspiración en la vida era pasarlo lo mejor posible, aunque ni siquiera estaba seguro de qué tenía que hacer para lograrlo: tal vez fumar canutos con los amigos, divertirse con alguna chica, dejar pasar el tiempo con unos auriculares metidos en las orejas...

En ocasiones pensaba que su estado se debía a una época de su vida que inevitablemente tenía que superar y que, una vez pasada, reaccionaría y, por supuesto, cambiaría. Pero sus propios pensamientos le daban asco y, cuando le asaltaban, procuraba apartarlos de su mente de la forma más expeditiva posible.

Sin embargo, había una persona en la vida de Andrés que lograba, a pesar de su ausencia, lo que nada ni nadie había conseguido: hacerle soñar. A menudo, la borrosa imagen de Marcelo Morlán, su tío, al que apenas conocía y del que tenía un recuerdo tan vago como idealizado, acaparaba todos sus pensamientos.

Marcelo era el hermano mayor de su padre, al que por lo menos sacaba diez años. Nadie en su familia quería hablar de su vida antes de haberse convertido en un escritor famoso. Pero Andrés, a fuerza de escuchar conversaciones y de atar cabos sueltos, había deducido algunas cosas. Supo que, teniendo poco más o menos sus años, se enfrentó acaloradamente con su padre y se fue de casa, que estuvo en la cárcel por motivos políticos, que se marchó al extranjero y todos le daban por desaparecido hasta que sus libros comenzaron a publicarse en Francia y en otros países de Europa. Cuando años después regresó a España, el país le esperaba con los brazos abiertos. Para él hubiese sido muy fácil aceptar ese abrazo y, por añadidura, algunos premios suculentos, muchos honores y un papel de santón canonizado... Pero esquivó los abrazos y desapareció al poco tiempo.

Andrés recordaba haberlo visto sólo en una ocasión, a los nueve o diez años, un día que fue a comer a su casa. Recordaba su aspecto imponente: muy alto y fuerte, con el pelo largo y blanco, al igual que la barba. Entonces, le daba un poco de miedo y apenas habló con él. Pero no había podido olvidarlo.

Un par de semanas atrás había sonado el teléfono de su casa. Estaba solo y descolgó el auricular. Era un editor llamado Valentín Palacios, que quería saber de Marcelo Morlán. Le explicó a Andrés que en la editorial le habían perdido la pista y pensaron que tal vez su hermano supiese algo de él. Al día siguiente quedaron para hablar del tema. Los dos acudieron a la cita con la misma intención: saber algo más de Marcelo Morlán. Y los dos, claro, quedaron defraudados. Pero en esa entrevista se fraguó un viaje. Valentín Palacios tenía una pequeña pista: Marcelo Morlán había publicado esporádicamente extraños artículos en el *Diario de León,* y un redactor del periódico aseguraba haberlo visto en un pueblo de las montañas. Cuando Andrés mostró interés en acompañarle, Valentín Palacios se alegró; aquel muchacho le había caído bien y, además, sería una ayuda estupenda viajar con el sobrino de Marcelo Morlán.

Valentín dispuso que hiciesen el viaje durante la Semana Santa, que estaba próxima, ya que de esta forma él tendría unos días libres en la editorial y Andrés no perdería clases en el instituto. Andrés se rió con disimulo cuando oyó lo de las clases y aceptó. Además, Valentín se había comprometido a correr con todos los gastos del viaje. ¡Qué más podía pedir!

Se revolvió nuevamente en la cama. No lograba entender qué le impedía dormirse: el colchón era confortable y él estaba cansado y muerto de sueño. Giró su cuerpo hacia un lado y se hizo un ovillo. Los ronquidos de Valentín se sucedían de forma acompasada. Aunque Andrés no podía darse cuenta, todo ese cúmulo de pensamientos que se debatían en su mente iba diluyéndose poco a poco. El sueño, por fin, se abría camino.

Capítulo sexto

Un lugar en las montañas

El Viernes Santo amaneció despejado y frío. Las nubes habían desaparecido, pero no el viento, que parecía proceder del mismísimo polo norte. Los tambores y cornetas despertaron a Valentín, y es que desde muy temprano los papones de las distintas cofradías se habían echado a la calle en busca de sus pasos para formar la primera procesión del día. Intentó levantarse de la cama, pero de pronto tuvo la sensación de que su cabeza se había convertido en un material tan pesado como la piedra o el acero; se llevó las manos a las sienes y se dejó caer contra la almohada. Los excesos de la noche anterior estaban pasándole factura.

Al cabo de un rato, con movimientos mucho más lentos, volvió a intentarlo. Primero sacó las piernas de la cama y apoyó los pies en el suelo. Luego, poco a poco, incorporó el tronco, hasta quedar sentado. Por último, se puso de pie y él mismo se sorprendió por haber logrado tal proeza. Miró a Andrés, que dormía profundamente, ajeno a la algarabía de la calle, y se dirigió al cuarto de baño. Una ducha larga y templada lo reconfortó y le devolvió algunas de sus energías. A continuación se vistió y bajó a la cafetería, pues su estómago maltratado necesitaba engullir algo.

Cuando miró su reloj, delante de una taza de café con leche, un vaso de agua y dos tostadas, las manecillas señalaban las nueve y media. No pensaba despertar a Andrés todavía, pues aún era pronto para acudir a la redacción del *Diario de León,* sobre todo teniendo en cuenta que era Viernes Santo. Pensó que les iba a resultar muy difícil encontrar a alguien que pudiera informarles en la redacción, por lo que con toda probabilidad tendrían que esperar hasta el sábado. Negó ostensiblemente con la cabeza, en señal de contrariedad, y de un solo trago se bebió el vaso de agua.

Tras el desayuno, Valentín, ya mucho más entonado, se dirigió a la recepción y comenzó a curiosear unos libros turísticos sobre la ciudad y la provincia que estaban colocados en un pequeño expositor. Luego se volvió hacia el recepcionista, que en esos momentos revisaba unos papeles.

–Perdón –le dijo–. ¿Sería posible saber si una persona se ha alojado en este hotel en unas fechas determinadas?

–Sí, claro –respondió el recepcionista–. El registro de clientes va quedando archivado, a no ser que haya pasado mucho tiempo.

–Entonces usted podría decirme si ha estado alojado aquí un hombre que...

–Lo que ocurre es que el hotel no puede dar información de sus clientes así como así, ¿me entiende? –le cortó el recepcionista.

–Lo entiendo.

–¿Es usted policía?

–No, no.

–¿La persona que busca es alguien de su familia?

–Se trata de un escritor llamado Marcelo Morlán.

–¡Marcelo Morlán! –exclamó el recepcionista.

–¿Lo conoce? –preguntó Valentín con sumo interés.

–He leído varios libros suyos. Me gusta mucho –respondió el recepcionista con entusiasmo, y luego cambió de tono–: Pero él no ha estado en este hotel. Ya me hubiese gustado a mí... Le habría traído sus libros para que me los dedicase.

Valentín salió del hotel pensando en las palabras del recepcionista. Sólo un escritor como Marcelo Morlán podía desatar esa admiración en todo el mundo, desde el más exigente crítico hasta el lector más sencillo. Sus libros, además de una innegable calidad literaria, tenían algo que no se podía explicar: una magia, una chispa, un duende, un toque sencillo y sublime; algo a lo que sólo unos cuantos elegidos de la fortuna tienen acceso.

Caminó despacio hasta la plaza Mayor y allí se detuvo para ver cómo se formaba una nueva procesión. Le había atraído un grupo de papones con largos capirotes negros en los que sólo se abrían dos agujeros a la altura de los ojos. Por un momento, imaginó que Marcelo Morlán se escondía dentro de uno de aquellos hábitos y desfilaba tranquilamente ante sus narices, y que incluso se burlaba de él. Enseguida pensó que aquélla era la idea más descabellada que se le había ocurrido en las últimas semanas. No obstante, permaneció en primera fila hasta el final, escrutando a todos los papones que pasaban ordenadamente por la calle.

Cuando regresó al hotel eran más de las once. Andrés estaba sentado en una butaca del recibidor, esperándolo.

–Pensé que aún estarías durmiendo –le dijo, a modo de saludo.

–¿Tú crees que con esta tamborrada se puede dormir? –le respondió Andrés.

–¿Has desayunado ya?

–Sí.

–Pues entonces vámonos.

–¿Adónde?

–A ver si encontramos a alguien en el *Diario de León*.

Tomaron un taxi en una parada que había detrás de la catedral. El taxista evitó el abarrotado centro y, atravesando El Ejido, salió a la nueva carretera de circunvalación.

–¿Está lejos? –preguntó Valentín.

–En las afueras, en la carretera de la Virgen del Camino –respondió el taxista.

La redacción del *Diario de León* se alojaba en un edificio nuevo de color gris, no muy alto, situado en una especie de polígono industrial.

–Espérenos aquí –le dijo Valentín al taxista.

La puerta estaba abierta y se veía a algunas personas en el interior.

–Como debe ser –comentó Valentín–. El periodista tiene que estar siempre al pie del cañón.

Franquearon la entrada y un hombre que se encontraba tras una especie de pequeño mostrador los detuvo con una pregunta:

–¿Qué desean?

Valentín sabía que era necesario impresionar un poco a aquel hombre para que al menos comunicase su presencia a los que estaban dentro.

–Me llamo Valentín Palacios y soy editor. He venido desde Madrid para investigar un asunto relacionado con

Marcelo Morlán, un escritor muy importante que ha publicado ocasionalmente algunos artículos de opinión en este periódico. Ya sé que hoy es fiesta, pero en un periódico siempre hay alguien. Le rogaría que anunciase mi visita –y Valentín le entregó una tarjeta con su nombre y el anagrama de la editorial.

–Arriba está el subdirector… –dijo un poco confuso aquel hombre–. Pero se iba a marchar ahora mismo…

–Bien. Muy bien –continuó Valentín en el mismo tono–. Creo que el subdirector podrá servirme.

El hombre descolgó el auricular de un teléfono y marcó un número. Transmitió prácticamente todo lo que le había dicho Valentín.

El subdirector del periódico los recibió en su despacho, de pie y con el abrigo puesto.

–Iba a marcharme en este momento –les explicó.

–No le entretendremos mucho –le dijo Valentín mientras le estrechaba la mano.

Y fue directamente al grano. Le explicó el motivo de su viaje a León y por qué se había dirigido precisamente al periódico para tratar de encontrar una pista que le llevase hasta Marcelo Morlán. El periodista escuchó con atención, luego se sentó en el borde de la mesa y se encogió de hombros, en un elocuente gesto.

–No le puedo decir mucho sobre el asunto –dijo.

–¿Se trata del secreto profesional? –preguntó Valentín–. ¿Acaso se lo ha prohibido el propio Marcelo Morlán?

–¡Oh, no! –rió el periodista–. Lo que sucede es que en el periódico no sabemos nada. Fue el propio Morlán el que se dirigió a nosotros: un día apareció por aquí y nos ofreció un artículo. Nos interesó mucho, pues de sobra sabe usted el gancho que tiene su nombre. El artículo lo publicaríamos nosotros en las páginas de opinión y, al mismo tiempo, se lo podríamos vender a otros periódicos. Y así lo hicimos. Pero, cuando días después nos dispusimos a efectuar el pago correspondiente, nos encontramos con que no sabíamos cómo localizar a Morlán. Curiosamente, al cabo de tres o cuatro semanas, volvió por la redacción con un nuevo artículo; pero se volvió a marchar sin dejarnos un domicilio, ni un teléfono... ¡Nada! La historia se ha repetido desde entonces varias veces: aparece súbitamente con un artículo, lo deja en la redacción y se marcha. Ni siquiera le preocupa cobrar por su trabajo.

Valentín escuchaba con atención las palabras del subdirector del periódico. Todo era sorprendente, aunque de una personalidad como la de Marcelo Morlán podía esperarse cualquier cosa, por extraña que fuese. Pensó que algo importante tenía que bullir en su mente inquieta y brillante.

–¿No le habló nunca de sus proyectos? –preguntó.

–Ni a mí ni a nadie. Sus visitas, como acabo de decirle, eran como un relámpago. Creo que nunca estuvo más de dos minutos en la redacción.

–Pero ustedes sospechan que Marcelo Morlán vive en alguna parte de las montañas. Al menos, eso decían en la introducción de su último artículo.

–Veo que leen nuestro periódico en Madrid –rió satisfecho el periodista–. Pues, en efecto, lo sospechamos. Pero eso no quiere decir que tengamos una certeza absoluta. Verá: no hace mucho tiempo, un redactor del periódico muy aficionado a la caza se encontraba en la montaña persiguiendo a un jabalí, al que ya había herido de consideración, cuando de repente, fue atacado por varios lobos. ¿Le parece increíble en estos tiempos? La verdad es que es muy raro; hace muchos años que no ocurría una cosa así. Pero tiene usted que tener en cuenta que la caza del lobo está prohibida y su número ha aumentado considerablemente. Este invierno ha sido muy duro para ellos; ha nevado mucho en la montaña. Los lobos destrozaron a su perro y hubiesen hecho lo mismo con él de no haber aparecido un hombre que, por fortuna, los ahuyentó. ¿Se imagina ya quién era ese hombre? Pues sí, se trataba de Morlán.

En ese instante Valentín recordó los artículos de Marcelo Morlán que con tanto interés había leído. Esos escritos, muy extraños, a veces prácticamente ininteligibles, casi siempre hablaban de lobos: de comportamientos de lobos, de territorios y pasos de lobos, de marcas de lobos, de aullidos de lobos... Y todo ello mezclado con una serie de reflexiones filosóficas y existenciales que los convertían en algo misterioso y difícil de leer y comprender.

–Supongo que mis últimas palabras le habrán traído a la memoria los artículos de Morlán –dijo el periodista, leyéndole el pensamiento.

–Sí –reconoció Valentín.

Es todo lo que puedo decirle. No sabemos nada más, ¡y ya nos gustaría...! Quizá Morlán se presente cualquier día con un nuevo artículo, o quizá no vuelva a aparecer.

–Dígame sólo una cosa más: ¿en qué lugar exacto se encontró con él ese redactor-cazador?

–Más allá de San Emiliano, hacia el puerto de Ventana. Entre Torrestío y los lagos de Saliencia.

El subdirector del periódico se levantó de la mesa y se acercó a una de las paredes, donde tenía colgado y enmarcado un gran mapa de la provincia. Se puso unas gafas, echó una ojeada al mapa y luego señaló con su dedo índice un punto situado aproximadamente en el centro y hacia el norte, justo en el límite con Asturias.

–Por aquí –dijo–. Los lagos no se ven porque pertenecen ya a Asturias.

Valentín sacó un cuadernillo y un bolígrafo de un bolsillo de su chaqueta y anotó el nombre de los lagos y de algunos pueblos. También dibujó un pequeño croquis de carreteras.

–¿Piensa ir hasta allí? –le preguntó el periodista.

–Sí.

–Le advierto que puede tener dificultades. Hay carreteras cortadas por la nieve, y aunque parece que el tiempo va a mejorar...

–No importa –le interrumpió Valentín–. Tengo un vehículo todo terreno.

–A pesar de todo, le aconsejo que se compre unas buenas cadenas, si es que no las tiene ya.

Los tres salieron de la redacción del periódico y, sólo cuando estaban en la calle, a punto de despedirse, Valentín le presentó a Andrés, del que sólo dijo que era sobrino de Marcelo Morlán. Se estrecharon las manos.

–¡Ah! Si descubre algo interesante, no deje de avisarme. Puede ser una gran noticia –dijo el periodista, a modo de despedida.

El taxista esperaba pacientemente, acomodado en el asiento de su vehículo.

Capítulo séptimo

El guardián

MIENTRAS comían, planificaron un poco el viaje que iban a emprender al día siguiente, con la mirada fija en un mapa de carreteras abierto sobre la mesa, entre los platos y los cubiertos.

–Si ha nevado tanto como dicen, a lo mejor no podemos llegar hasta ese lugar –comentó Andrés.

–Seguro que sí –respondió Valentín–. Fíjate: gran parte del recorrido lo haremos por la autopista de peaje. Tenemos que dejarla aquí, a la altura del pantano de los Barrios de Luna, y luego seguir por esta carretera hasta el desvío que nos lleve a San Emiliano.

–Y ahí pueden empezar los problemas. Esa carretera que se interna en las montañas, hacia Asturias, debe de ser estrecha y mala.

–Mañana, a primera hora, en cuanto abran los comercios, compraremos unas cadenas, y también algo de comida, por si tenemos que quedarnos uno o dos días.

Terminada la comida, bebían pausadamente un café, tal vez pensando que aún disponían de toda una tarde por delante, una tarde festiva que tendrían que llenar de alguna manera.

–¿Se te ha ocurrido alguna idea para esta tarde? –preguntó Valentín.

–Yo ya he decidido lo que voy a hacer –respondió Andrés.

–¿Y se puede saber, o es un secreto? –rió Valentín.

Andrés bajó la mirada y la concentró en el café que aún quedaba en el fondo de su taza. Lo removió con la cucharilla antes de contestar.

–Voy a buscar a Estela.

–¿Estela? ¿Y quién es Estela? –se extrañó Valentín.

–La chica que estaba anoche en el entierro de Genarín. ¿No la recuerdas?

–Pues claro; sus ojos no son algo que pueda olvidarse fácilmente. Pero ¿te dio su dirección o su teléfono?

–No.

–¿Habéis quedado entonces en alguna parte?

–Tampoco.

–¿Entonces...?

–Ya te he dicho que pienso ir a buscarla. Tendrá que estar en algún sitio. Recorreré toda la ciudad si es preciso, pero no pararé hasta encontrarla.

Valentín volvió a reírse con ganas, lo cual incomodó a Andrés.

–Te ha impactado fuerte esa chica... ¡Ja, ja, ja!

–¡No le veo la gracia!

–Perdona, hombre, perdona –Valentín apuró el café–. Pero recuerda una cosa: iba acompañada por un tipo que causaba respeto, el del anorak...

–No me importa.

–¿Te has vuelto loco de repente o qué te pasa? –Valentín dejó la taza sobre el platillo y acercó su cabeza a la de Andrés–. Ves a una chica durante un par de minutos y te quedas colgadísimo por ella, como si fuese la mujer de tu vida.

–Yo no he dicho eso –Andrés seguía molesto por el rumbo que estaba tomando la conversación–. Lo único que pretendo es volver a verla, hablar con ella... No sé por qué, pero necesito encontrarla.

Valentín encendió un cigarrillo y giró la cabeza levemente para no echar a Andrés el humo en pleno rostro.

–Sí, está claro: esa chica te ha vuelto loco.

–¿Loco yo? –se indignó Andrés–. ¡Tú sí que estás como una cabra! De modo que yo estoy loco por querer encontrar a una chica. ¿Y tú, que llevas meses persiguiendo a un escritor?

–Eso es diferente –le interrumpió Valentín.

–¡Por supuesto que es diferente! –estalló Andrés–. ¡Tú estás mucho peor que yo!

–Vamos a calmarnos –Valentín hizo un elocuente gesto con sus brazos extendidos sobre la mesa y luego pidió otros dos cafés al camarero.

–Si quieres calmarte, sería mejor que pidieras una tila –se burló Andrés.

Valentín, como si pretendiera efectuar un improvisado ejercicio de relajación, se echó hacia atrás, hasta apoyar la espalda sobre la silla, y dio una larga calada al cigarrillo; luego expulsó el humo muy despacio.

–No pretendo que me entiendas –dijo–. Aunque no debe de resultar muy difícil comprenderlo. Se trata de una cuestión de supervivencia. Las pequeñas editoriales estamos siendo estranguladas poco a poco por las grandes multinacionales. Nos van arrinconando y nos pisotean sin piedad. Mi editorial atraviesa un momento crítico.

–¿Y una simple novela puede sacarte del apuro?

–Si la novela es de Marcelo Morlán, sí. Hace seis años que publicó la última. Todo el mundo está esperando ese libro.

Le interrumpió el camarero con los dos cafés, que depositó sobre la mesa, retirando al mismo tiempo las tazas vacías de los anteriores. Andrés y Valentín siguieron sus movimientos con la mirada; luego, ellos mismos se miraron fugazmente.

Andrés, en un gesto impulsivo, agarró la taza y se bebió todo el café de un sorbo. Después se levantó de la silla con decisión.

–Me marcho –dijo.

–Yo iré al hotel –comentó Valentín sin mirarlo–. Creo que pasaré la tarde tumbado en la cama, viendo la tele.

El aire de la calle le pareció a Andrés como una caricia agradable que borró de su mente la imagen del afligido editor y dejó paso a otra más atrayente, la de una joven con unos ojos grandes y misteriosos que llenaban todo su pensamiento. Nada sabía de ella, excepto su nombre, suponiendo que en realidad se llamase Estela, pues ni siquiera eso tenía claro. En un folleto que había estado hojeando por la mañana en el hotel se decía que la ciudad de León tenía aproximadamente ciento cuarenta y tres mil habitantes, y Andrés se preguntaba qué podría hacer para localizar entre esas ciento cuarenta y tres mil personas a una en concreto, de la que lo ignoraba todo. Pero era Viernes Santo y el día se había quedado despejado. Seguro que gran parte de esas ciento cuarenta y tres mil personas saldrían a la calle, a ver las procesiones que parecían no tener fin, a dar un paseo, a tomar esa limonada que todos los bares anunciaban con grandes carteles... ¿Por qué no podría encontrar a Estela en alguna parte? Además, antes de despedirse, ella le había asegurado que volverían a verse.

Por ese motivo, encaminó sus pasos en primer lugar hacia el punto de la muralla donde la había conocido la noche anterior. Tal vez ese lugar se hubiese convertido, sin que ellos se dieran cuenta, en el único eslabón posible que podría volver a unirlos. Al fin y al cabo, era la única referencia común que tenían. Pero a esas horas el lugar estaba casi desierto y sólo los coches pasaban en una y otra dirección. Levantó la cabeza y miró durante unos segundos la corona de laurel sujeta a las piedras de la muralla, junto a la botella de orujo –las naranjas y el queso no se veían desde abajo–, y luego se alejó despacio.

Al principio con ilusión y esperanza, y al final cansado y abatido, Andrés pasó la tarde entera caminando como un espectro desorientado por las calles de León, mirando a cuantos transeúntes se cruzaban en su camino, con la esperanza de alcanzar a ver a ciento cuarenta y tres mil. Si lo conseguía, estaba convencido de que entre ellos hallaría a Estela. Por eso no cejaba en su empeño, y entraba y salía de todos los bares, y se mezclaba con la gente que llenaba la calles.

Al cabo de unas horas, el continuo deambular y el ajetreo de una ciudad volcada en la calle habían aturdido por completo a Andrés, que veía cómo sus esperanzas se iban agotando a medida que pasaba el tiempo. Se había convencido de que ciento cuarenta y tres mil personas pueden caber en un gran estadio, pero desparramadas por una ciudad son difíciles de controlar. Era probable que hubiera estado a escasos metros de Estela y, sin embargo, no la hubiese visto.

Alrededor de las nueve encontró un bar que le resultó agradable, cerca del paseo de Papalaguinda y, por tanto, del río Bernesga. La mayoría de la gente era joven y no estaba abarrotado como otros. Se acodó en la barra ante un vaso de cerveza y permaneció inmóvil durante un buen rato, contemplando cómo las burbujas ascendían a través del líquido y estallaban al llegar a la superficie. Derrotado, estaba ya dispuesto a darse por vencido y renunciar a su propósito de encontrar a Estela. Su mente parecía volverse lógica y razonable, y de repente comprendía que su intento era un verdadero disparate en medio de otro disparate más grande aún, como lo era aquel viaje que había emprendido con un editor obsesionado llamado Valentín Palacios en busca de su tío Marcelo, a quien apenas conocía.

Bebió un sorbo de cerveza y dejó el vaso prácticamente lleno sobre el mostrador. Luego se dirigió hacia la puerta, con la intención de marcharse del local. Pero en ese mismo instante descubrió algo que le resultó familiar. Era un anorak, era el anorak que llevaba alguien que estaba de espaldas en el fondo del bar, apoyado sobre una máquina tragaperras. Se acercó hasta él y lo rodeó con ánimo de verle la cara. Cuando descubrió al joven que la noche anterior acompañaba a Estela no pudo evitar un gesto de satisfacción.

Durante unos segundos, los dos se miraron sin saber qué decirse. Luego, Andrés rompió el silencio que comenzaba a resultar molesto.

–Hola –se limitó a decir.

–¿Qué quieres? –le preguntó el joven del anorak.

–Tú..., anoche... –titubeó Andrés–. Anoche acompañabas a Estela.

–Sí.

Andrés giró la cabeza y volvió a escrutar todos los rincones de aquel bar antes de hacer una pregunta.

–¿Ella no está contigo?

–No –las palabras del muchacho del anorak eran rotundas, como aldabonazos.

Se produjo un nuevo silencio, más embarazoso aún que el anterior. De pronto, el joven del anorak dio media vuelta y abandonó el bar con decisión, ignorando por completo a Andrés, pero éste, tras unos instantes de duda, lo siguió resuelto. Ya en la calle lo llamó, pero el chico del anorak no le hizo caso y continuó andando, cada vez más deprisa.

Atravesaron el paseo de Papalaguinda y descendieron por unas escaleras hacia el cauce del río, justo al lado de una pasarela para peatones que lo cruzaba. Hasta llegar al agua había una zona verde y llana, donde por el día mucha gente solía correr y hacer un poco de gimnasia; pero a esas horas estaba completamente desierta y sólo iluminada por el resplandor de las luces que filtraban los árboles del paseo.

El joven del anorak detuvo sus pasos y se encaró a Andrés.

–¡Lárgate ya! –le dijo.

–Me iré, pero dime dónde puedo encontrar a Estela –le replicó Andrés.

–¿Y por qué tengo que decírtelo?

Andrés comprendió en aquel instante que su actitud era realmente absurda. Lo más probable era que aquel muchacho del anorak fuese el novio de Estela. De ser así, ¿qué pensaría de él? Seguro que se estaba aguantando las ganas de darle un puñetazo en la nariz. Al menos, él lo habría hecho en su situación.

–¿Sois novios? –se atrevió a preguntar.

–¿Novios? –pareció extrañarse el chico del anorak.

–Sí, ya me entiendes... Quiero decir que si salís y...

–Yo soy su guardián –le interrumpió el joven del anorak.

–¿Su guardián? –esta vez fue Andrés quien se extrañó.

–Su guardián y su cómplice, y tal vez algo más.

–No te entiendo.

–Tú no podrías entenderlo nunca.

–Oye, que tampoco soy tonto –a Andrés le molestó un poco la suficiencia con la que el muchacho del anorak había pronunciado las últimas palabras.

–Vuélvete a tu *gran* ciudad y déjanos en paz.

El joven del anorak se dio la vuelta con brusquedad y reanudó la marcha. Andrés decidió jugarse la integridad física de su nariz y caminó deprisa hasta alcanzarlo. Lo agarró por un brazo y lo retuvo.

–Por favor –le suplicó–. Dime dónde está ella. No es lo que te imaginas, pero necesito verla. Es que... No sé cómo explicártelo...

–¡Suéltame! –la voz del muchacho del anorak era ciertamente amenazadora.

–Sólo un momento, por favor, sólo...

–¡Si no me sueltas ahora mismo...!

La disputa entre los dos jóvenes se vio interrumpida de pronto por una presencia. Era ella, con el mismo chaquetón de lana que le llegaba hasta las rodillas, con la bufanda alrededor del cuello, con sus cabellos revueltos... El contraluz impedía admirar el color de sus labios y el brillo intenso de sus ojos.

Estela se acercó resuelta hasta Andrés, lo miró fijamente y le sonrió.

–¿Ya has encontrado a la persona que buscabas? –le preguntó.

–Aún no.

–¿Y seguirás buscando?

–Sí. Mañana iremos hasta un pueblecito que se llama Torrestío, en las montañas, al lado de unos lagos.

–Conozco muy bien ese lugar.

Estela amplió su sonrisa, pero inmediatamente se volvió hacia el joven del anorak, le dio la mano y le dijo:

–Vámonos, Carlos.

Andrés se sentía incapaz de reaccionar y miraba embelesado a Estela y a Carlos alejándose de él, como dos sombras que se diluyen en medio de la noche, atravesando la pradera húmeda y llana, subiendo las escaleras de acceso al paseo... Reaccionó cuando creyó perderlos de vista, y entonces echó a correr como un loco. Subió los escalones de tres en tres, pero cuando alcanzó la amplia acera del paseo sólo pudo ver cómo Carlos arrancaba una motocicleta y partía a gran velocidad, con Estela abrazada a su cuerpo.

Y aquella imagen permaneció durante mucho tiempo fija en su cerebro: la moto grande, de montaña, de color rojo, visiblemente salpicada de barro, y sobre ella Carlos, el muchacho del anorak, y Estela abrazada a él.

Caminó sin rumbo hasta llegar a una plaza amplia, con una fuente iluminada en el centro, donde un personaje encaramado en lo alto de un pedestal señalaba a alguna parte con su brazo derecho extendido. Allí, preguntó a una señora embozada en un abrigo de pieles:

–Por favor, ¿el hotel París?

Capítulo octavo

Nieve y hielo

La vigilia de la noche anterior y las emociones vividas hicieron que Andrés buscase la cama del hotel como el mejor de los remedios contra todos sus males. Cuando entró en la habitación, Valentín ya dormía y sus ronquidos resonaban en la estancia con estrepitosa monotonía. Al sentir la puerta, giró un poco la cabeza.

–¿Eres tú? –preguntó.

–Sí –respondió Andrés.

Y no cruzaron más palabras. Valentín volvió a sus ronquidos y Andrés se quitó la ropa y se metió en la cama. Ni los ronquidos de su compañero, ni las vicisitudes que había vivido durante la jornada, ni el recuerdo de Estela, que no se le iba de la cabeza, consiguieron desvelarlo.

Como predecían los partes meteorológicos, el día siguiente amaneció radiante, con un cielo de un color azul intenso y totalmente despejado. El viento del norte se había calmado y la temperatura resultaba muy agradable.

Después de ducharse y vestirse, Valentín subió la persiana de la habitación y descorrió las cortinas. La luz se estrelló contra el rostro de Andrés, que permanecía hundido en la almohada.

–Nos vamos de aquí –dijo el editor.

–¿Ya ha amanecido? –preguntó Andrés, medio dormido.

–Abre los ojos y lo verás: luce un sol espléndido. Parece que el tiempo ha decidido aliarse con nosotros.

Dejaron el hotel París y por la calle Ancha llegaron hasta el aparcamiento de Santo Domingo, situado a escasos metros, en el que tenían el coche. El recepcionista del hotel les había explicado el camino que tenían que seguir para llegar a un hipermercado, donde pretendían comprar algunas cosas.

–¿Encontraste ayer a esa monada? –le preguntó Valentín.

–Sí –se limitó a responder Andrés.

–¿Sí? –se sorprendió el editor–. ¡Parece increíble!

–Pero sólo pude estar con ella un instante. Es... muy extraña.

–¡Te ha dado fuerte con esa chica!

–Sí –se limitó a reconocer Andrés.

–Se te pasará.

–¿Por qué estás tan seguro?

–Pues... no sé, pero sería lo más normal.

Empujando un carrito, recorrieron los pasillos del hipermercado, atiborrados de productos de todo tipo. Tal y como habían decidido el día anterior, compraron unas cadenas para el coche y comida enlatada, además de unas cuantas botellas de agua.

En la gran explanada que servía de aparcamiento al hipermercado, y una vez cargadas todas las compras en la parte trasera del vehículo, preguntaron por el camino que debían seguir para tomar la autopista de peaje hacia Asturias.

Salieron de León en dirección a Astorga y nada más pasar La Virgen del Camino encontraron los carteles que conducían a la autopista. A pesar de que la nieve cubría parte de los campos, la carretera estaba completamente limpia y se circulaba sin dificultad. Cargaron combustible en la gasolinera de Rioseco de Tapia, y cuando Valentín reanudó la marcha se mostraba eufórico.

–Fíjate qué sol –le dijo a Andrés–. Hasta el tiempo se pone de nuestra parte.

Andrés no respondió. Estaba fascinado contemplando el paisaje que poco a poco los iba tragando. El terreno había empezado a ondularse y las curvas se sucedían sin interrupción. Un cartel les informó de que circulaban por una autopista de montaña. Las altas cumbres se recortaban frente a ellos, imponentes y blancas, como en una postal de Navidad. Con la frente apoyada en el cristal de la ventanilla, Andrés miraba el cauce del río Luna, que a veces transcurría en paralelo a la autopista, o se alejaba formando algún meandro, o era cruzado por un moderno puente. Había algo en el paisaje que comenzaba a cautivarlo de un modo desconocido para él.

Poco después de atravesar un túnel largo y otro corto, se encontraron con las aguas embalsadas por la presa de los Barrios de Luna. El paisaje cambiaba constantemente, las formas se iban agrandando y la belleza del lugar era tanta que a veces parecía irreal. Cuando cruzaron el gigantesco puente que une las dos vertientes del valle inundado, Andrés contuvo la respiración un instante.

–¿Qué te parece? –le preguntó Valentín.

–Es un puente como los que salen en las películas.

Valentín redujo a cuarta y después a tercera. El todo terreno aminoró considerablemente la velocidad. Luego, pulsó el intermitente de la derecha: debían tomar la próxima salida.

La nueva carretera nada tenía que ver con la autopista; era estrecha y estaba llena de curvas, con un firme a menudo parcheado. La nieve se amontonaba en las cunetas y cubría los campos y las laderas de las montañas más suaves. El vehículo avanzaba sin problemas, y Andrés, embelesado, no dejaba de mirar por la ventanilla. Circulaban ahora por otro valle, bordeando una de las colas del pantano, que parecía interminable; a la derecha se alzaban grandes peñas, algunas casi verticales, que con el sol adquirían unos refulgentes tonos grisáceos, casi blanquecinos.

A unos pocos kilómetros tomaron un desvío a la derecha, hacia San Emiliano. En el pueblo, situado al pie de la mole rocosa de Peña Ubiña, se detuvieron un rato. Estaba desierto y nadie parecía morar sus grandes casonas de piedra. Sin embargo, aquélla era una falsa impresión, pues pronto comprobaron que muchas chimeneas humeaban y que un par de bares, uno a cada lado de la carretera, estaban abiertos. Dejaron el coche junto a una fuente y entraron en uno de ellos. Valentín miró su reloj.

–Es casi la hora de comer –dijo–. Las compras en el hipermercado de León nos han retrasado mucho. Deberíamos haber madrugado más.

–Entonces, ¿comeremos aquí? –preguntó Andrés.

–Será lo mejor.

Después de comer, y desoyendo los consejos de los paisanos del pueblo que estaban en el bar, Valentín decidió continuar adelante.

–No encontraremos nada –le dijo Andrés, al que también le incomodaba seguir en esas condiciones.

–Es la única pista que tenemos –Valentín estaba obcecado.

–Pero acaban de decirnos que sólo viven cuatro o cinco personas allí durante el invierno.

–Sería absurdo dar la vuelta ahora.

Valentín entró en el vehículo y se acomodó en su asiento. Andrés iba a hacer lo mismo cuando algo que vio lo detuvo un instante. A escasos metros de donde se encontraban, bajo un cobertizo, había una motocicleta de montaña, grande, de color rojo, salpicada de barro.

–¡Vamos! –le apremió Valentín, que ya había arrancado el motor.

Andrés subió al coche y cerró la portezuela. Primero a través del cristal, y por el espejo exterior después, siguió contemplando aquella motocicleta, hasta que una curva de la carretera le hizo perderla de vista definitivamente.

Tras varios kilómetros, el panorama cambió por completo: la carretera comenzó a ascender y a retorcerse. Las grandes montañas ya estaban al alcance de la mano, con sus cumbres desnudas y sus peñas claras que emergían de las laderas cubiertas de nieve. También ésta cubría por completo el camino, una nieve dura, a veces casi helada, y

Valentín extremó sus precauciones. El coche ascendía muy despacio, pero sin detenerse en ningún momento, pues reanudar la marcha en esas condiciones podría resultar muy difícil.

El desvío hacia Torrestío se encontraba al comienzo del puerto de Ventana; por eso se libraron de las grandes pendientes, totalmente impracticables. Sin embargo, la nueva carretera parecía más bien un sendero, por su estrechez y su tortuosidad, y, además, los primeros tramos se abrían en franco descenso. Valentín detuvo el vehículo en el mismo cruce y contempló el panorama.

–No pasaremos por ahí –comentó Andrés.

–Utilizaremos las cadenas –le respondió Valentín con seguridad.

Tardaron mucho tiempo en colocar las cadenas al coche. Ninguno de los dos tenía experiencia, y debieron leerse las instrucciones varias veces. Cuando al fin lo consiguieron, reanudaron la marcha.

La carretera era verdaderamente peligrosa: apenas tenía el ancho necesario para que circulase un vehículo, las curvas eran constantes y, para colmo, en algunos tramos bordeaba pequeños barrancos, de manera que un descuido o un simple derrape podía resultar fatal.

Aunque el pueblo se encontraba cerca, la distancia les pareció un abismo interminable. Andrés se bajó del coche y caminó delante de él, indicando a Valentín la dirección que debía seguir para no despeñarse. A veces el propio Andrés tenía dificultades para localizar el camino correcto y se valía de un palo para tantear el suelo firme. De esa forma llegaron a las primeras casas del pueblo, pequeño y desparramado, atravesado por un riachuelo. Allí, la nieve había sido apartada hacia las cunetas y se notaban las huellas de un vehículo y de algunos animales.

Detuvieron el coche junto a un puente que cruzaba el río y caminaron entre las casas.

–Este pueblo está desierto –dijo Andrés.

–No lo está –respondió Valentín–. Alguien ha apartado la nieve y, además, hay huellas recientes. Fíjate en las chimeneas de las casas. Si una chimenea echa humo, eso quiere decir que la casa está habitada.

Los dos comenzaron a otear los tejados y pronto descubrieron humo, un humo blanquecino que ascendía entre los árboles. Se dirigieron hacia allí, pero enseguida se encontraron con un hombre que les salió al paso. Tendría alrededor de sesenta años y era bajo y robusto, con un rostro sonrosado y pétreo, surcado por profundas arrugas.

–Buenas tardes –los saludó con una sonrisa–. ¿Han venido desde San Emiliano?

–Sí –respondió Valentín.

–Pues le han echado valor –y aquel hombre esbozó un gesto mitad de sorpresa y mitad de extrañeza–. Algo importante andarán buscando por aquí.

–Usted lo ha dicho.

Valentín le tendió su mano y aquel hombre la estrechó con la suya, áspera y dura.

–Me llamo Valentín Palacios, y el muchacho, Andrés.

–Tanto gusto. Yo me llamo Gregorio.

Valentín se mostraba encantado por la buena disposición de Gregorio y enseguida le planteó el motivo de su viaje. Le describió con pelos y señales a Marcelo Morlán y, por último, le preguntó si lo había visto por allí.

–Puede que sí –respondió Gregorio.

–¿Qué quiere decir?

–El nombre no me dice nada, pero un hombre como el que usted dice, alto, fuerte, con el pelo y la barba blancos..., a veces ha aparecido por el pueblo. Llegaba solo y andando, y eso era lo que más me chocaba. Yo he hablado con él como ahora estoy hablando con usted, y lo he invitado a comer en mi casa. Pasaba unas horas aquí y se marchaba, también solo y andando.

Las palabras de Gregorio llenaron de satisfacción a Valentín, que cruzó una mirada con Andrés. El joven también había comenzado a experimentar una emoción extraña, como no la había sentido nunca antes, y es que encontrar a su tío se había convertido en una aventura increíble, una aventura de la que él esperaba muchas cosas, cosas que no podía expresar, pero que eran de gran importancia para hallar un sentido a su vida, y una ilusión, y un puñado de ganas de tirar hacia delante. Era consciente de que tal vez esperaba demasiado de su desconocido y enigmático tío, pero no era dueño de sus sentimientos y no podía pensar de otra manera.

–¿Y dónde está ahora? –Valentín hizo la pregunta clave.

–¡Qué sé yo! –respondió Gregorio, encogiéndose de hombros–. Hace mucho tiempo que no viene por aquí.

Valentín permaneció unos segundos pensativo antes de volver a hablar.

–Cerca del pueblo hay unos lagos, ¿no es cierto?

–Sí, señor, los de Saliencia, aunque otros los llaman de Somiedo. Hay que subir por un camino hasta el límite con Asturias y allí desviarse. Hora y media a pie desde el pueblo.

–¿No le habló nunca Marcelo Morlán de esos lagos?

–Pues, ahora que lo dice, sí, me habló de ellos en alguna ocasión. Debían de gustarle mucho.

–¿Podría alguien vivir en esos lagos? –preguntó de nuevo Valentín.

–Creo que hay un refugio, y también están las ruinas de la antigua mina de hierro; pero vivir..., eso no.

–Echaremos un vistazo –dijo Valentín, volviéndose hacia Andrés.

–¿Quiere decir que piensan subir hasta los lagos? –le preguntó sorprendido Gregorio.

–Sí.

–¿A pie?

–Si hay un camino, utilizaremos el coche.

–Imposible.

–¿Por qué?

–Está cubierto por una capa de hielo.

–Tenemos un vehículo todo terreno y, además, llevamos cadenas.

Gregorio se limitó a encogerse de hombros nuevamente.

A la salida del pueblo encontraron el camino que ascendía hacia los lagos; era uno de esos caminos que no ofrecería dificultad alguna a cualquier tipo de vehículo, y menos a un todo terreno, de no ser porque se hallaba cubierto de nieve.

–¿Vas a intentarlo? –preguntó Andrés un poco asustado.

–Sí.

El muchacho se colocó el cinturón de seguridad y se agarró a un asidero que había en la parte frontal del salpicadero. Valentín pisó suavemente el acelerador y el coche comenzó a avanzar. La nieve cedía bajo los neumáticos y las cadenas. Superaron una pequeña pendiente y atravesaron una zona llana, al final de la cual el terreno volvía a empinarse. Al llegar a este segundo repecho, las ruedas patinaron y el vehículo, sin control, retrocedió unos metros. Andrés miró a Valentín, que parecía haberse vuelto loco al volante.

–¡Está helada! –le gritó–. ¡La nieve está completamente helada!

Pero Valentín volvió a acelerar y de nuevo intentó superar el repecho. La nieve helada se había convertido en una auténtica pista de patinaje, y el vehículo giró sobre sí mismo. En vano, Valentín trataba de dominarlo y giraba el volante en una y otra dirección. Finalmente, el coche derrapó hacia la derecha y cayó unos metros por un terraplén, en dirección al riachuelo. Por fortuna, unos peñascos lo detuvieron a tiempo, antes de que comenzase a dar vueltas de campana.

Andrés y Valentín descendieron rápidamente del vehículo; no habían sufrido daño alguno.

–¡Te has vuelto loco de remate! –chilló Andrés, y aquel grito fue como un desahogo.

Valentín, ajeno a cualquier razonamiento, examinaba el estado en que había quedado el coche: no había sufrido daños importantes, pero sería casi imposible sacarlo de allí sin la ayuda de una grúa. Lleno de rabia, lanzó una patada contra la carrocería.

Hacía ya un buen rato que el sol se había ocultado tras las cumbres, y el valle se oscurecía inexorablemente. No tardaría mucho en anochecer. Valentín y Andrés llevaban casi tres horas intentando sacar el coche del terraplén. Habían colocado bajo las ruedas ramas de árboles y también piedras que recogieron por los alrededores. Pero todos los intentos resultaron inútiles y las ruedas siempre acababan girando sobre sí mismas, sin conseguir desplazar lo suficiente el vehículo.

De pronto, algo llamó la atención de Andrés: era un sonido semejante a una risa, aunque no acertaba a descubrir de dónde provenía. Miró hacia el riachuelo y escuchó con atención el ruido del agua.

–¿Has oído algo? –preguntó entonces a Valentín.

–No.

–He tenido la sensación de escuchar a alguien que se reía.

Valentín le dedicó un gesto despectivo con sus dos manos.

–Se supone que quien estaba loco era yo, ¿no? –dijo–. Pues con un loco ya tenemos bastante.

Pero, de nuevo, aquel sonido se repitió, ahora mucho más nítido y cercano. Andrés y Valentín se volvieron al mismo tiempo hacia el camino y allí, encaramados sobre una roca, descubrieron a Estela y a Carlos. Él, embutido en su anorak, serio e inmóvil, como una estatua. Ella, con el mismo chaquetón de lana que le estaba tan grande y con la bufanda atada alrededor de su cuello, reía sin poder contenerse.

Andrés pensó que estaba teniendo visiones, e imaginó que se había dado un golpe en la cabeza y sufría alguna alucinación. Pero ascendió hasta el camino y avanzó hacia aquella roca. Estela saltó con increíble agilidad y se colocó a su lado.

–Pero... ¿qué hacéis aquí? –preguntó lleno de confusión.

–Ya ves –se limitó a contestar Estela, evitando una respuesta más precisa.

–¿Nos habéis seguido? –preguntó esta vez Valentín, que se incorporaba al grupo.

–Sabíamos que estabais aquí y decidimos echar un vistazo.

–¿Y cómo sabíais que estábamos aquí? –Andrés no podía borrar de su rostro un gesto de sorpresa.

–Tú mismo me lo dijiste.

Andrés recordó entonces lo sucedido la noche anterior en León, en aquella pradera junto al río. Sí, él le había hablado del viaje que iban a emprender hasta Torrestío. Luego, la recordó a ella abrazada a Carlos, sobre una motocicleta de montaña grande, de color rojo, salpicada de barro, igual a la que horas antes había visto bajo un cobertizo en San Emiliano, a pocos kilómetros de allí.

Capítulo noveno

La casa

VALENTÍN pretendía encontrar un teléfono desde el que poder avisar a una grúa.

–Ninguna grúa querrá llegar hasta aquí –le advirtió Estela–. Lo mejor será esperar hasta mañana e intentar sacar el coche con un par de bueyes.

Pero Valentín quiso cerciorarse por sí mismo y buscó a Gregorio, que le llevó a la única casa del pueblo con teléfono. Llamó a León y las predicciones de Estela se cumplieron: ninguna grúa estaba dispuesta a llegar hasta allí mientras la carretera permaneciera cubierta de nieve. Desesperado, se dirigió a Gregorio:

–¿Usted cree que con una pareja de bueyes podríamos sacar el coche de ese terraplén?

–Puede que sí –se limitó a responder Gregorio.

–Vamos a intentarlo.

–Mañana, si usted quiere. Ya es muy tarde, y esas cosas hay que hacerlas con la luz del día.

Estela, entonces, cruzó una mirada con Valentín y le sonrió al tiempo que se encogía de hombros.

–Te lo advertí –le dijo.

Gregorio les abrió la puerta de una casa contigua a la suya.

–La tengo para mis hijos y mis nietos, pero ellos sólo vienen unos días en verano. Aquí podrán dormir; hay camas para todos.

–Gracias –le dijo Valentín–. Yo le pagaré por las molestias que le estamos ocasionando.

–Molestia, ninguna –respondió Gregorio–. No voy a dejarles dormir a la intemperie con la que ha caído.

Los cuatro tomaron posesión de la casa. Estela y Carlos encendieron la cocina con unos papeles y leña, para templar un poco el ambiente gélido que se sentía en el interior de aquellas paredes deshabitadas. En unos minutos, la chapa ya estaba templada y el calor, junto a un penetrante olor a humo, empezaba a notarse débilmente. Carlos echó una paletada de carbón y cerró un poco el tiro de la chimenea para que la combustión fuese más lenta. Luego se sacudió las manos, como dando a entender que todo había quedado listo ya.

Andrés y Valentín siguieron con curiosidad aquellas operaciones. Ninguno de ellos se explicaba la presencia de los dos jóvenes en aquel lugar, como tampoco entendían que fuesen a pasar la noche juntos, en la misma casa. ¿Qué motivo los impulsaba? Pero Valentín estaba dispuesto a aclarar la situación. Cuando la cocina se calentó un poco, se quitó el abrigo, se sentó en una silla de mimbre, cerca del fogón, y dirigió su mirada a Carlos.

–Bueno, creo que ha llegado el momento de que nos expliquéis algunas cosas –le dijo.

Carlos buscó de inmediato a Estela con la mirada. Ella tomó la iniciativa, y él, una vez más, quedó relegado a un segundo plano.

–¿Qué cosas? –preguntó la muchacha.

–Por ejemplo, ¿qué pintáis en este lugar?

–Nosotros vivimos aquí –rió Estela, como si sus palabras le hubiesen hecho mucha gracia–. ¿Qué pintáis vosotros, que sois forasteros?

–¿Quieres decir que vivís en este pueblo?

–No exactamente.

–¿Entonces...?

Estela giró la cabeza, buscó a Andrés y respondió sin dejar de mirarle a los ojos.

–Vivimos aquí, y allá, y más allá, y mucho más allá... Vivimos en las montañas, pero no podemos permanecer quietos; por eso siempre vamos de un sitio a otro.

–¿En... las montañas? –titubeó Andrés.

–Estas montañas son las más bonitas del mundo. Uno debe procurar vivir siempre en el sitio más bonito del mundo. ¿Estás de acuerdo?

–No te entiendo.

Estela sonrió.

–Tú, ¿dónde vives?

–En Madrid.

–¿Has elegido vivir en Madrid?

–No, claro.

–¿Te parece Madrid el lugar más bonito del mundo?

–Pues... no.

–Yo, sin embargo, he elegido un sitio donde vivir, y, además, ese lugar es el más bonito del mundo. Al menos a mí me lo parece.

Andrés, completamente confundido, era incapaz de decir nada más. Estaba atrapado por los ojos de Estela, unos ojos que eran como un abrazo misterioso del que no se podía escapar.

Gregorio, acompañado por su mujer, entró en la casa. Les llevaban un poco de comida para cenar: una cacerola humeante y una fuente con jamón, chorizo y cecina, además de un buen pedazo de pan.

–Aquí hay platos y cubiertos –dijo Gregorio, mientras depositaba la comida sobre la mesa.

–Muchas gracias; yo le pagaré todo esto mañana –insistió Valentín.

–No íbamos a dejarlos sin cenar –sonrió Gregorio–. La sopa de ajo bien calentita les entonará el cuerpo. Jacinta, mi mujer, acaba de retirar la cacerola de la lumbre. No la dejen enfriar.

Jacinta se limitó a afirmar con la cabeza. Después, los dos salieron de la casa.

En un armario encontraron platos y vasos, y en el cajón de la mesa, cubiertos.

Comenzaron a cenar en silencio, sentados a la mesa de la cocina, que era de madera, muy grande y rectangular. La sopa caliente, tal y como les había anunciado Gregorio, les hizo entrar en calor.

–Hacía tiempo que no cenaba así –comentó Andrés, casi sin darse cuenta, cuando apuró la última cucharada de sopa.

–¿En tu ciudad no cenas? –le preguntó Estela.

–En Madrid suelo abrir la nevera y pillo lo primero que encuentro; pero..., no sé cómo explicarlo: la mayor parte de los días tengo la sensación de que como sin hambre, por obligación.

–Creo que los médicos dicen que el campo abre el apetito, ¿no es verdad?

–Tú sabrás.

–Yo no lo sé. Nunca he ido al médico.

–¿Nunca? –se sorprendió Andrés–. ¿Es que jamás has estado enferma?

–No.

Tras la cena, Estela salió de la cocina e inspeccionó toda la casa. Cuando regresó, se detuvo en el umbral de la puerta.

–Me pido la primera habitación –dijo.

–¿Ya te vas a dormir? –le preguntó Andrés, tratando de retenerla un rato.

–Sí.

–Pero es pronto aún.

–Es de noche –se limitó a responder Estela, antes de encerrarse en la habitación elegida.

Carlos, al perder la compañía de la muchacha, se mostró visiblemente incómodo. Recogió los platos de la mesa y los depositó en el fregadero. Se movía con la cabeza baja, evitando encontrarse con Valentín o con Andrés.

–Yo también me voy a dormir –dijo mientras salía de la cocina.

Andrés no pudo resistir un súbito impulso, se acercó hasta la puerta y miró por la rendija entreabierta. Quería saber si Carlos entraba en la habitación que había elegido Estela. Ignoraba el tipo de relación que existía entre ambos, y ésa era una de las cosas que más le desasosegaba. Recordaba que Carlos, cuando él le había preguntado por su relación con Estela, le había respondido que era su guardián, su cómplice y quizá algo más. Pero ¿qué podían significar aquellas palabras? Le satisfizo ver cómo Carlos pasaba de largo por la puerta de la primera habitación y buscaba acomodo en otra parte.

Durante un rato, Andrés y Valentín hablaron de aquella extraña pareja. Los dos coincidían en considerarlos unos tipos realmente insólitos, y los dos coincidían también en que la belleza de aquella chica era poco común: se trataba de una de esas criaturas de las que se tiene la certeza de que existen en alguna parte del universo, pero con las que uno jamás imagina poder encontrarse.

La casa era grande y tenía muchas habitaciones. Valentín y Andrés examinaron las que habían quedado libres.

–Aquí hay una con dos camas –dijo Valentín.

–Te la dejo para ti solo –le contestó Andrés–. Esta noche quiero librarme de tus ronquidos.

–Como quieras –Valentín se encogió de hombros–. Mañana nos levantaremos pronto, sacaremos el coche del terraplén y, si no podemos subir con él hasta esos lagos, lo haremos andando. ¿Qué te parece?

–Me parece imposible que mi tío viva allá arriba... Pero, si quieres, convéncete por ti mismo... –respondió Andrés.

Valentín se encerró en la habitación de dos camas y Andrés se quedó solo en el pasillo. Frente a él se encontraba la puerta abierta de un cuarto pequeño con una sola cama, donde había decidido dormir. Al otro lado se encontraba la cocina, con el fogón encendido. Iba a entrar en el cuarto, pero cambió de opinión y avanzó por el pasillo.

Al pasar por delante de la habitación de Estela se detuvo un instante. Sintió ganas de llamar con los nudillos, o ni siquiera eso: simplemente, pensó en girar el picaporte y entrar con sigilo. Pero continuó hasta la cocina y se sentó en una silla junto al fogón. Y allí permaneció mucho tiempo inmóvil, contemplando el resplandor que producían las ascuas del carbón. Varios pensamientos se cruzaban a la vez por su mente, sin ningún orden ni concierto: por un lado, la apatía de su vida en Madrid; por otro, la búsqueda de su tío en medio de las montañas de Babia, una región con fama de encontrarse casi en el fin del mundo. Y entre medias, Estela, que se superponía a todas las imágenes.

No tenía sueño; por eso permaneció mucho tiempo repantigado sobre una de las sillas de la cocina, con la luz apagada y los pies apoyados en el borde del fogón.

Al cabo de una hora, un ruido llamó su atención. Era una puerta que se abría con cuidado. Sin moverse, permaneció muy atento. Alguien había salido de la casa.

Capítulo décimo

Los lagos

ANDRÉS salió de la cocina y, sin hacer ruido, se deslizó hacia el exterior. Quería saber quién había abandonado la casa. Tuvo el tiempo justo para ver cómo la inconfundible silueta de Estela se alejaba deprisa por el camino. Decidido, cerró la puerta con cuidado, sin llegar a encajarla del todo, y siguió a la muchacha. Podía haberla llamado, pero prefirió mantenerse oculto, vigilándola a distancia, pues intuía que Estela guardaba algún secreto que él estaba a punto de desvelar.

Ella tomó el camino ascendente que conducía a los lagos de Saliencia, pero al llegar al lugar donde el coche de Valentín había derrapado, abandonó el sendero y prefirió caminar directamente por la ladera, donde la nieve aparecía menos dura. Andrés la seguía a distancia y con muchos apuros, pues ella caminaba con extraordinaria agilidad, sin disminuir en ningún momento el ritmo de su marcha. La separación entre ellos se iba ampliando cada vez más, y él, al borde del agotamiento, hacía esfuerzos ímprobos por no perderla de vista definitivamente.

El terreno se volvía poco a poco más inaccesible, salpicado de grandes rocas que había que bordear, de hondonadas oscuras, de desniveles pronunciados y resbaladizos...

Ya cerca de la cumbre, Andrés se detuvo un instante. Tenía que recobrar un poco de aliento. Hacía un buen rato que había perdido de vista a Estela, y se limitaba a seguir sus huellas, marcadas en la nieve. Contempló el terreno que había dejado atrás: el paisaje era deslumbrante, la luna llena y la claridad de la nieve le daban una luz mágica y lo envolvían en una atmósfera irreal; visto en su conjunto, el valle parecía un inmenso decorado pintado por el más visionario y desmesurado de los artistas.

De pronto, Andrés escuchó con nitidez un aullido, lejano pero límpido, y tan largo que parecía interminable. Sintió cómo un escalofrío le recorría todo el cuerpo. Pensó que, sin duda, se trataría de un lobo, e inmediatamente llegó a la conclusión de que lo más prudente y lógico sería regresar cuanto antes al pueblo. Pero también pensó que no podía dejar sola a Estela, a pesar de que ella se desenvolvía en aquellos parajes mucho mejor que él. Durante unos segundos estuvo dudando, y finalmente decidió seguir adelante. Estela no podía encontrarse muy lejos.

Pisando siempre las huellas que había dejado la muchacha, continuó el ascenso. El miedo hacía que sus piernas notasen menos la fatiga, pero por más que avanzaba, la figura de Estela no aparecía por ninguna parte. Ni siquiera pudo verla cuando coronó aquella ladera y, desde lo alto de la montaña, su vista era capaz de abarcar una enorme extensión de tierra.

Su preocupación aumentó cuando, ya en la vertiente norte, la nieve desapareció por completo y las huellas de Estela se disiparon. Entonces se sintió perdido y, lo que le pareció aún peor, completamente desconcertado. No sabía qué hacer. No comprendía por qué Estela había subido a aquella montaña en medio de la noche ni por qué había desaparecido como si uno de aquellos tenebrosos valles que se abrían a sus pies se la hubiera tragado. Arqueó sus manos alrededor de su boca y gritó con todas sus fuerzas:

–¡Estela!

Ella no respondió a su llamada y, por el contrario, Andrés volvió a escuchar un aullido, mucho más cercano que el anterior, que le erizó todos los pelos del cuerpo e hizo que sus piernas comenzasen a temblar de forma incontrolada. Quiso volver a gritar el nombre de la muchacha, pero ni siquiera encontró la fuerza imprescindible en su garganta.

Nervioso, miraba a un lado y a otro, esperando tal vez un milagro que le devolviese la presencia de la muchacha y, con ella, un poco de sentido a la situación que estaba viviendo.

Iba a caminar un poco más, pero se detuvo en seco a causa de algo que vio entre unos matorrales. Se quedó paralizado y un extraño sudor, que brotaba de todos y cada uno de sus poros, bañó su cuerpo. Unos ojos fulguraban entre los arbustos como lucecitas transparentes, unos ojos que se movían despacio, como si estuviesen estudiando lo que tenían delante. Y había muchos, tal vez diez, o doce, o más.

Andrés consiguió reaccionar y retrocedió unos pasos, sin dar nunca la espalda a aquellos ojos acechantes, hasta que su cuerpo se golpeó contra una gran roca. Luego se dejó resbalar por su áspera y fría superficie hasta quedar en cuclillas. En esa posición, tanteó el suelo y cogió dos piedras. Después, muy despacio, volvió a incorporarse. El corazón le martilleaba con tal violencia que pensó que su pecho estallaría sin remedio de un momento a otro.

Tras unos segundos de tenso silencio, aquellos ojos se arremolinaron violentamente, saltaron, describieron extraños movimientos... Con pavor, Andrés vio cómo varios lobos salían de entre los matorrales y, con las fauces abiertas y la lengua babeante, se acercaban a él. Estaba convencido de que había llegado el momento de su muerte, pero en ese mismo instante descubrió que las fuerzas volvían a su cuerpo y que, por tanto, moriría peleando hasta el último momento, como los héroes de las películas.

Arrojó con fuerza una de las piedras, que se estrelló contra el lomo de uno de aquellos lobos. El animal cayó al suelo y se retorció de dolor. Los demás se detuvieron un instante y, en lugar de lanzarse directamente sobre él, lo rodearon. Poco a poco se fueron acercando, emitiendo feroces gruñidos, cerrando el círculo mortal.

Entonces, un grito desgarrador perforó la noche en la cumbre de aquella montaña. Los lobos detuvieron su avance y se miraron, confundidos. El grito volvió a repetirse antes de que Carlos apareciese corriendo, con los brazos abiertos de manera amenazante. Se plantó ante los lobos y gritó por tercera vez, al tiempo que sacudía sus brazos, como si estuviera peleándose con un ser invisible.

Los lobos comenzaron a retroceder, recelosos, agrupándose entre sí, como si tal unión les proporcionase más fuerza. Pero Carlos seguía avanzando hacia ellos, con los puños crispados y el gesto lleno de ferocidad. Finalmente, los animales dieron la vuelta y se alejaron a la carrera del lugar.

Andrés percibió con claridad todos los músculos de su cuerpo destensándose de golpe, como si un extraño muelle hubiera saltado en su interior, y ni siquiera tuvo fuerzas para sostener la piedra que aún le quedaba. La roca en la que se apoyaba evitó que se desplomara en el suelo como un saco.

Cuando Carlos tuvo la certeza de que la manada de lobos se había alejado definitivamente del lugar, se acercó hasta Andrés. Éste ya casi se había recuperado y volvía a incorporarse lentamente, sin creerse del todo la escena que acababa de vivir. Sentía tal agradecimiento hacia aquel muchacho que de buena gana lo hubiese abrazado con todas sus fuerzas, pero se limitó a tenderle su mano abierta. Carlos se la estrechó y, mientras duró el apretón, los dos se miraron a los ojos en silencio, y sus miradas hablaron por ellos.

De pronto, Andrés recordó algo.

–¡Estela! –exclamó–. ¡Puede estar en peligro! ¡Esos lobos van a atacarla!

–Ella se encuentra a salvo –le aseguró Carlos, y sus palabras no dejaban resquicio a la duda.

–Pero... ¿dónde está?

–No lo sé, pero no muy lejos de aquí –respondió Carlos–. Tal vez esté en los lagos.

–Vamos a buscarla.

–No hace falta; ella bajará sola al pueblo.

Andrés insistió una y otra vez, hasta que Carlos accedió a ir en busca de la muchacha. Cuando reanudaron la marcha en dirección a los lagos, Andrés negó ostensiblemente con la cabeza, puso una de sus manos sobre el hombro de Carlos y le dijo:

–No entiendo nada.

–No pretendas entenderlo –le respondió Carlos sin mirarle–. Regresa cuanto antes a tu ciudad, a tu vida, y olvídate de estos momentos.

La luna llena se reflejaba sobre la superficie del agua del lago de Covalancho, o de la Cueva, como si de un espejo se tratase, y esparcía generosamente destellos plateados, creando una sensación fantasmagórica.

Estela se encontraba en la orilla y, al verla, Andrés corrió a su lado. No pudo refrenar un impulso de abrazarla con fuerza, al tiempo que le preguntaba:

–¿Estás bien?

–Sí –le respondió ella, dibujando una tenue sonrisa con sus labios.

Andrés la notaba muy próxima, como nunca antes la había sentido. Sólo tenía que mover la mano para alcanzar sus mejillas, sus labios siempre húmedos y sonrosados, su cabello largo y revuelto, enredado entre la bufanda y la capucha del chaquetón de lana, sus ojos...

Pero ella consiguió librarse de sus brazos, se volvió de nuevo hacia el lago y clavó sus ojos en el agua remansada.

–¿Hasta aquí pretendíais subir Valentín y tú? –preguntó sin volverse.

Andrés recuperó la calma y se dispuso a dar algunas explicaciones a Estela.

–Buscamos a mi tío –dijo–. Valentín pensó que podría vivir aquí arriba. Mi tío es un escritor conocido, aunque yo, si te digo la verdad, no le conozco de nada, ni como escritor ni como tío; eso sí, para mí tiene algo que no sé bien cómo explicar, pero que me atrae como un imán.

–Yo sí conozco a tu tío –dijo de pronto Estela.

–¿Estás segura...? –preguntó Andrés, sorprendido–. Dime cómo se llama.

–Marcelo Morlán.

Andrés tardó unos segundos en reaccionar.

–¿Y sabes dónde está ahora?

–Le gusta estar aquí, y allá, y más allá...

–No es la primera vez que me dices esa frase.

Ella amplió su sonrisa.

–Tu tío y yo tenemos algunas cosas en común.

Las últimas palabras de Estela dejaron completamente desconcertado a Andrés.

–Pero ¿dónde está?

–¿Por qué quieres encontrarlo? –Estela respondió con una pregunta.

–No lo sé muy bien. Creo que, sobre todo, porque es distinto a toda la gente que conozco, porque vive de otra forma, porque cree en otras cosas, porque fue capaz de romper con todo, hasta con su propia vida...

Estela se volvió hacia Andrés y le miró. Él sintió que sus ojos penetraban en su cuerpo, derribando todas las barreras. Sintió un estremecimiento.

–Vámonos –dijo ella–. Si nos quedamos parados mucho tiempo, nos congelaremos. Tenemos que regresar al pueblo.

Echaron a andar, y sólo en ese instante Andrés recordó que Carlos estaba allí, a escasos metros, como una estatua de carne y hueso.

Y sin mediar más palabras, regresaron a Torrestío. El camino, salvo algunos repechos al principio, era en constante bajada. Por este motivo, y por seguridad que le daba la compañía, a Andrés se le hizo más corta la vuelta.

Al llegar a la casa del pueblo, empujaron con cuidado la puerta y entraron sin hacer ruido.

–Quítate los zapatos y los pantalones y déjalos junto a la cocina; así, mañana se habrán secado –le dijo Estela antes de entrar en su habitación.

Andrés la obedeció mecánicamente y luego se dirigió al cuarto donde había decidido dormir. Se detuvo un instante frente a la cama y se pellizcó las mejillas con fuerza.

–No estoy soñando –se dijo.

Abrió el embozo y se metió entre las sábanas, tapándose hasta la cabeza.

–No estoy soñando, no estoy soñando, no estoy soñando... –repitió la frase hasta que se quedó dormido.

Capítulo undécimo

Hacia el este

OYÓ su nombre varias veces. La voz le resultaba conocida, pero no quiso molestarse en pensar a quién pertenecía. Se encontraba demasiado a gusto entre aquellas sábanas y mantas que tanto trabajo le había costado calentar.

–¡Andrés!

La voz se escuchaba ahora mucho más próxima. No cabía duda alguna: era la de Valentín, pero... ¿por qué el editor tenía que despertarlo de esa manera? Por lo dormido que se encontraba, debía de ser muy temprano; lo más probable era que no hubiese amanecido aún. ¿A qué venían por tanto esos gritos?

–¡Andrés!

Asomó la cabeza entre el embozo y la almohada y se incorporó un poco en la cama. Tenía el cabello completamente revuelto y le costaba trabajo abrir los ojos.

–¿Qué pasa? –preguntó.

–Lo único que pasa es que tienes que levantarte de una vez –gruñó Valentín.

–¿Qué hora es?

–¡Las diez!

Valentín le mostró sus pantalones, que llevaba sujetos en una mano. Luego, se los arrojó encima.

–Creo que ya se han secado.

–¡Ah! Gracias.

–¿Puede saberse adónde fuiste anoche?

–A dar un paseo por ahí –mintió Andrés, al tiempo que bostezaba–. ¿Sabes una cosa?: hay lobos por aquí cerca. Me atacaron. De no ser por Carlos...

–¿Carlos?

–Él me salvó la vida. Tenías que haber visto cómo se enfrentó a los lobos él solo, sin armas, con las manos vacías... ¡Los ahuyentó a todos! Después fuimos en busca de Estela.

–Ya entiendo –rió Valentín.

–No vayas a pensar que... –intentó explicarle Andrés.

–¡Vamos! ¡Levántate de una vez! –le cortó el editor.

–¿Ya se han levantado los demás?

–Hace más de una hora.

–¿Y dónde están?

–Con Gregorio. Han ido a ayudarle a preparar un par de bueyes para sacar el coche del terraplén.

–Entonces... no me queda más remedio –y saltó de la cama.

Cuando llegó al lugar donde el coche había derrapado, ya se encontraban allí Valentín, Estela, Carlos y Gregorio, además de dos voluminosos bueyes que permanecían quietos en el camino, uncidos a un yugo del que partía una gruesa soga cuyo cabo opuesto Valentín ataba a la parte trasera del vehículo.

–¿Os ayudo? –preguntó Andrés a modo de saludo.

–Ya no hace falta –respondió Valentín, que había terminado el trabajo y tiraba de la soga para cerciorarse de que había quedado bien sujeta.

Andrés se quedó junto a los bueyes y Estela ascendió el repecho hasta llegar a su lado. Su aspecto era como el del día que había amanecido: radiante y luminoso, espléndido.

–Hola –le saludó.

–Hola.

–¿Qué tal has dormido?

–No puedes ni imaginártelo.

–Te sentó bien la caminata.

–Sí, a pesar del susto.

Gregorio se colocó junto a la yunta de bueyes y Valentín permaneció al lado del vehículo.

–¡Listo! –gritó el editor–. ¡Tire de los bueyes, pero poco a poco!

Gregorio golpeó el lomo de los animales con una fina vara. Los bueyes sintieron el impacto y se movieron ligeramente, elevando sus cabezas y, con ellas, el pesado yugo. Luego, comenzó a gritarlos. Y aquellos gritos ininteligibles parecían significar algo para los animales, ya que, como obedeciendo una orden, comenzaron a caminar despacio. La soga fue estirándose poco a poco, hasta que la resistencia del vehículo la tensó. Los bueyes se detuvieron entonces, pero Gregorio volvió a utilizar la vara y recrudeció sus gritos. La cuerda se tensó al máximo y el coche empezó a moverse.

–¡Muy bien, Gregorio! –gritaba Valentín–. ¡Así, despacio, despacio!

Sin grandes dificultades, el vehículo alcanzó el camino.

–¡Ya puede pararlos! –volvió a gritar Valentín.

Y un nuevo grito de Gregorio, unido a una amenaza con su vara, hizo que la yunta de bueyes no diese un paso más.

El editor abrió la portezuela del vehículo y subió a él de un salto. Rápidamente, echó el freno de mano para inmovilizarlo. Luego conectó la llave del encendido y el motor rugió con fuerza. Valentín no pudo evitar un gesto de satisfacción: la chapa había sufrido algunos daños, pero el motor se encontraba en perfectas condiciones.

Descendió del coche y comenzó a desatar la soga. Andrés se acercó a él para echarle una mano. Cuando los dos se encontraban agachados junto al guardabarros trasero, aprovechó para decirle:

–Estela sabe dónde está mi tío, y creo que Carlos también.

–¿Estás seguro?

–Sí.

–¿Y no te dijeron dónde se encuentra?

–No. Pero en esos lagos no está.

Gregorio recogió la soga y emprendió el camino de regreso hacia el pueblo. Valentín aprovechó el momento para intentar descubrir algo más y se acercó a Estela y a Carlos.

–A ver si nos entendemos de una vez –les dijo–. Yo no sé quiénes sois ni qué demonios pintáis aquí, y no me importa. Pero resulta que nosotros estamos buscando a un hombre llamado Marcelo Morlán y vosotros sabéis dónde está, ¿no es así?

–Lo sabemos –respondió Estela.

–Si lo que queréis es dinero, yo puedo pagaros.

–No queremos dinero –le replicó ella de forma tajante.

–Está bien; entonces llevadnos por las buenas.

Estela esquivó a Valentín y llegó hasta donde se encontraba Andrés.

–¿De verdad quieres encontrar a tu tío? –le preguntó.

–Sí.

–Entonces te llevaré junto a él.

Comieron todos juntos en casa de Gregorio, pues Jacinta, en vista de que su partida se retrasaba, había preparado un guiso de alubias rojas.

–No les voy a dejar marchar sin comer –se justificó Gregorio–, que eso no es de buen cristiano.

Gregorio y Jacinta eran personas de pocas palabras, pero mientras duró la comida parecía que todos se habían quedado mudos. Nadie hablaba y evitaban mirarse directamente a los ojos, como si ello pudiese desencadenar una conversación no deseada. Los únicos sonidos eran los que producían las cucharas cuando rozaban ligeramente los platos, el agua al llenar los vasos, algún sorbo esporádico, el crujido de una silla...

Tras la comida, se despidieron de Gregorio y de su esposa y los cuatro se introdujeron en el todo terreno, no sin vencer antes el recelo de Estela, a quien no parecía gustarle tener que viajar en el interior de un coche.

Andrés se colocó delante y dejó el asiento trasero a Estela y a Carlos. Pero inmediatamente se arrepintió, pues acababa de perder la oportunidad de estar junto a ella, de sentirla cerca, de mirarla.

Valentín arrancó el vehículo y, antes de meter una velocidad, sacó el mapa de carreteras y, después de abrirlo por la página correspondiente, se volvió hacia atrás para entregárselo a Estela.

–¿Adónde vamos? –preguntó.

Ella le devolvió el mapa sin mirarlo.

–No lo necesito –le respondió.

Valentín se encogió de hombros en un gesto la mar de elocuente.

–Pues..., tú dirás.

–Vamos hacia el este.

–¡Hacia el este! –rió Valentín de buena gana–. ¿Acaso vamos a orientarnos por el sol? ¿Te olvidas de que hace tiempo que se inventaron las carreteras y los mapas?

Estela no contestó. Valentín metió la primera y el todo terreno comenzó a moverse lentamente por las callejuelas sin asfaltar del pueblo hasta que llegó a la tortuosa carretera. Aún quedaba nieve, pero era tan blanda que pasar sobre ella no entrañaba dificultad. No quitaron las cadenas hasta que la carretera estuvo completamente limpia, y esto ocurrió ya en el cruce.

Como les había anunciado Estela, avanzaban siempre hacia el este. Atravesaron la provincia de León por su mitad norte, donde el terreno es en su mayor parte montañoso y las carreteras estrechas y llenas de curvas. Podían haber circulado aún más al norte, pero en ese caso se habrían topado con la nieve que a buen seguro les cerraría el paso por más de un punto, o más al sur, pero entonces el rodeo sería muy grande. Por tanto, iban saltando de valle en valle, cruzando los ríos que nacen en lo más alto de la montaña y descienden hacia el sur, en busca del padre Duero.

Cerca de Cistierna se encontraron con el Esla, y remontaron su curso por la carretera que discurre en paralelo, hasta Riaño. Hacía tiempo que el sol había dejado de estar a su espalda; la noche ascendía desde el fondo de los valles y alcanzaba ya las más altas cumbres.

La luz de unos potentes focos iluminaba la pared de hormigón del pantano de Riaño. La carretera entonces se empinaba a lo largo de varias curvas seguidas y muy cerradas hasta la altura de la presa, para luego continuar suavemente por una de las laderas, atravesando de cuando en cuando algún túnel. A su izquierda, el pantano parecía el más misterioso y fantástico de los lagos, sacado directamente de un sueño romántico, con todos esos picos nevados reflejándose en la inmensa superficie de agua.

De pronto, Andrés sintió una respiración muy cerca de su nuca. Adivinó enseguida que Estela, tras incorporarse en su asiento, había colocado su cabeza muy próxima a la suya. Deseó volverse de golpe y encontrarse con su rostro limpio, con su mirada, con su aliento; pero se contuvo. Y la respiración se alejó lentamente de él.

Valentín se mostraba inquieto. La situación empezaba a incomodarle y trató de resolverla cuanto antes. Lanzó una mirada hacia atrás, en busca de Estela, y le preguntó:

–¿Vas a decirnos de una vez dónde se encuentra Marcelo Morlán?

–Pasaremos la noche por aquí y mañana iremos en su busca. Ya estamos cerca.

–¿Y por qué mañana? –estalló Valentín–. Hoy es domingo, y mañana, a las ocho en punto, debería empezar a trabajar en la editorial, en Madrid, a más de cuatrocientos kilómetros de aquí.

Estela se encogió de hombros.

–Puedes irte a Madrid, si quieres.

Valentín golpeó el volante con las dos manos, en señal de contrariedad.

–Conoceréis al menos algún sitio donde dormir: un hotel, un hostal...

Entraron en el pueblo nuevo de Riaño y Carlos les guió hasta un pequeño hotel del centro. Valentín detuvo el coche justo en la puerta.

–Dicen que es bueno y barato... –comentó Carlos–. Aquí podréis dormir.

–¿Y vosotros? –una duda asaltó de pronto la mente de Andrés.

–Nosotros nunca dormimos en hoteles –rió Estela.

–¿Y dónde pasaréis la noche?

–Por ahí.

–¿Por ahí?

–En alguna cabaña. Hay muchas en esta zona; algunas están en ruinas, pero otras se mantienen en pie.

–¿Puedo ir con vosotros? –preguntó Andrés con impaciencia.

–No creo que estés acostumbrado a dormir en el suelo –fue la respuesta de Carlos.

–Como tú quieras –le contestó también Estela, ignorando las palabras de Carlos.

–Entonces iré.

–¡Estáis todos como cabras! –gritó Valentín–. ¡Cada vez entiendo menos lo que está pasando!

–¿Qué vas a hacer tú? –le preguntó Andrés.

–De acuerdo, de acuerdo... –Valentín alzó los brazos hasta que los golpeó contra el techo del vehículo–. Iremos juntos. Dormiremos en una cabaña, o dentro del coche, o donde sea.

Abandonaron Riaño y tomaron la carretera que va hacia Asturias. Al cabo de unos veinte minutos de marcha, y cuando la nieve volvía a hacer acto de presencia en las cunetas, Estela le dijo a Valentín que aminorase la velocidad y, a la salida de una curva, le señaló una pista de tierra.

–¡Por aquí! –le gritó.

Valentín giró el volante con decisión y el vehículo comenzó a saltar por un camino estrecho y rugoso. Ascendieron unos tres kilómetros y luego descendieron uno más. Se detuvieron delante de una cabaña de piedra, que tenía una puerta y un ventanuco de madera, y un tejado a dos aguas también de piedra, formado a base de finas lanchas superpuestas, en el que sobresalía una chimenea corta y algo torcida.

Capítulo duodécimo

La cabaña

CON leña seca que había en el interior de la cabaña encendieron la chimenea de piedra, grande, más ancha que alta y adosada a una de las paredes laterales. Pronto, las llamas iluminaron la estancia con una luz rojiza y trémula y templaron el ambiente.

Valentín había descargado la comida que llevaban en el coche desde León y un par de mantas viejas. La mayor parte del suelo de la cabaña estaba recubierta con tablas, formando una especie de rudimentario y tosco entarimado que cumplía perfectamente la función para la que había sido construido y mitigaba el frío y la humedad de la tierra.

Carlos se ocupó desde el principio de la chimenea, y la mantenía todo el tiempo con un gran fuego, bien cargada de leña y con el tiro a medio cerrar. De esta manera había conseguido aumentar la temperatura considerablemente, y ya ninguno se acercaba demasiado a la lumbre, pues a menos de dos metros de los rojos rescoldos el calor era sofocante.

Estaban cenando en silencio, sentados en círculo sobre las mantas a la luz de una linterna que habían colocado en el centro, cuando, de repente, Estela se levantó con rapidez, como si algo la hubiese sobresaltado.

–¿Qué ocurre? –le preguntó Carlos.

–Alguien viene hacia aquí.

Durante unos segundos se quedaron inmóviles, sin hablar, intentando captar algún ruido extraño; pero el silencio sólo era quebrantado por el crepitar del fuego en la chimenea. Estela volvió a sentarse; en su rostro se había dibujado un gesto de inquietud.

Unos minutos después escucharon las primeras voces. Parecían varios hombres que gritaban y cantaban de forma exagerada, como si estuvieran celebrando alguna cosa. Las voces se oían cada vez más próximas y todos en el interior de la cabaña permanecían a la expectativa.

–¿Quién anda ahí? –preguntó desde el exterior una voz ronca y algo cascada.

Estela se incorporó de un salto y los demás la imitaron. Luego se dirigieron hacia la puerta de la cabaña y salieron al exterior. A pocos metros descubrieron a tres hombres: Toribio, Toño y Lino, con sus armas a la espalda. Sujeta en la mano de alguno brillaba una botella.

–Vamos a pasar la noche en la cabaña –les dijo Estela a modo de saludo.

–Pues nosotros pensábamos llegar a dormir a casa –comenzó a hablar Toribio–. Somos de cerca de Burón, ¿lo conocéis? Es el valle que está detrás de esas montañas; pero nos hemos entretenido por el camino y... No vamos a llegar a las tantas a casa, y despertar a la mujer, y asustar a los guajes...

–Eso es, nos hemos entretenido –rió Toño de buena gana–. Desde el jueves, que salimos de casa, no hemos hecho otra cosa más que entretenernos.

–Esta cabaña es grande –continuó Lino–, y no son horas de andar por el monte. Creo que cabremos todos dentro, claro, si a vosotros no os importa...

Por la forma de hablar de los tres hombres, y por sus movimientos torpes, se adivinaba su estado de embriaguez.

–La chimenea ya está encendida –dijo Estela.

Y sus palabras fueron como una señal. Los tres cazadores entraron en la cabaña, dejaron sus armas apoyadas en la pared opuesta a la chimenea y se sentaron en el suelo. Estela, Carlos y Valentín también se sentaron, pero Andrés permaneció de pie, junto a la puerta.

–Comed algo –dijo Valentín a los cazadores–. Nosotros ya hemos cenado y aún quedan algunas cosas.

–Pincharé un poco –respondió Toribio–. Aunque hambre, lo que se dice hambre, no tengo.

Lino levantó un poco la botella que sostenía en la mano, para que Valentín la viese.

–¿Queréis un trago? –preguntó.

–¿Qué es?

–Orujo. Y del bueno.

Lino lanzó la botella por los aires y Valentín la cogió al vuelo, quitó el tapón de corcho y bebió un largo trago. Luego se la ofreció a Estela y a Carlos, pero los dos la rechazaron. Se la devolvió a Lino de la misma manera.

–¿Te gusta el orujo? –le preguntó el cazador.

–No sé.

–¿Cómo no vas a saberlo?

–Es tan fuerte que no sé si me gusta o no.

–Como todo en la vida, es cuestión de acostumbrarse.

Andrés seguía observando la escena desde la puerta. Y una vez más, sin poder evitarlo y sin pretenderlo, sus pensamientos buscaban a Estela. Se había dado cuenta de que ella era la auténtica jefa de aquel grupo. Todos estaban a su merced, incluso Carlos, y hacían siempre lo que ella deseaba. ¿Qué extraño poder ejercía para que aceptasen sus decisiones?

–Bebe –animó Lino a Valentín, al tiempo que le pasaba la botella–. El orujo es lo mejor que se ha inventado para combatir el frío.

–¡Y que lo digas! –añadió Toño–. Recuerdo yo una tarde en que me trasegué una botella entera. Luego, me tumbé en medio de un prado, al sereno, y dormí toda la noche como si nada, y eso a pesar de que cayó una helada de Dios te ampare. A la mañana siguiente me levanté como si hubiera dormido en la cama de un hotel de cinco estrellas.

Valentín se animó enseguida y trabó conversación con los tres cazadores, a los que el orujo había soltado la lengua.

–¿Y habéis cazado mucho?

–Nada –respondió Toribio–. El jueves por la mañana salimos detrás de una loba.

–¿Una loba?

–Sí, una condenada loba –continuó Lino–. Estuvimos todo el día persiguiéndola. Como está prohibido cazar lobos, aprovechamos la nevada. Con lo que cayó ese día, nadie iba a estar vigilando los montes para evitar que tres cazadores matasen una loba.

–¿Y por qué queríais matarla?

–¡Porque ella ha acabado con varios terneros de nuestro ganado! –Lino alzó la voz al pronunciar estas palabras–. Es muy raro que una loba ande por ahí sola, pero últimamente están ocurriendo cosas muy extrañas con los lobos. Si te digo la verdad, creo que nos han declarado la guerra. ¡Se han organizado, los mamones!

–Teníais que haberla visto –los ojos de Toño brillaban y se emocionaba a medida que hablaba–. ¡Jamás he tenido ante mis ojos un animal tan..., tan impresionante! Es una loba fuerte, grande, esbelta... Es... ¡preciosa! ¡Ya lo creo! Si yo fuera lobo, me volvería loco por ella.

–Y resistente, y rápida como un rayo –prosiguió Toribio–. Sus aullidos se oían en todo el valle. Me parece que la estoy oyendo ahora y todavía se me ponen los pelos de punta.

–¡La tuvimos en nuestras manos! –continuó Lino, tras darle un nuevo tiento a la botella–. Logramos que cayera en una trampa y la encerramos en el viejo chorco que hay camino de Caín.

–¿Y qué hicisteis con ella? –Valentín parecía interesado por el relato.

Toño lanzó un puñetazo al aire.

–¡Se escapó! ¡Y todavía no podemos entender cómo lo hizo! Por muy fuerte y ágil que sea, es imposible que escalase aquellas paredes de piedra. ¡Pero lo hizo! ¡Maldita sea! ¡Y ya nos gustaría saber cómo!

–Quizá alguien la ayudó a salir –habló de pronto Estela.

Las palabras de la joven, por lo inesperado, causaron una extraña reacción. Ninguno de los cazadores parecía dispuesto a responderla, y durante unos segundos permanecieron en silencio.

–Eso no es posible, muchacha –habló al fin Toribio–. Si alguien hubiera querido sacar a esa loba, se tendría que haber metido en el foso. Y te aseguro que habría que estar loco de remate para arrimarse a esa fiera.

–Además, no había huellas –añadió Toño.

–Tal vez el que ayudó a salir del chorco a la loba se cuidó de borrarlas –volvió a hablar Estela, y de nuevo sus palabras desconcertaron un poco a sus interlocutores.

–Te aseguro que eso es imposible –dijo Lino, queriendo dejar las cosas en su sitio.

Tras unos instantes de silencio, en los que nadie parecía interesado por seguir aquella conversación, Valentín volvió a la carga con una nueva pregunta:

–¿Y no seguisteis buscándola?

–Era inútil; ya habíamos perdido su rastro –respondió Toño–. Decidimos regresar a casa, pero al pasar por Posada de Valdeón nos entretuvimos un poco...

Los tres cazadores comenzaron a reír de forma escandalosa, como si de repente hubieran recordado algo muy gracioso.

–Es que en Posada conocemos una fonda... –Toribio no podía contener la risa–. Y esa fonda tiene dos de las cosas que más nos gustan en esta vida. Una de ellas es el orujo...

–¿Y la otra? –Valentín sentía gran curiosidad.

–¡Mujeres! –estalló Toribio.

–¡Chissst! Ten cuidado con tu lengua. ¿No ves que hay una señorita delante? –le dijo Toño, un poco burlón.

Estela se puso de pie y, cuando Carlos quiso imitarla, ella lo detuvo con una de sus manos, obligándolo a sentarse de nuevo.

–Me voy a respirar un poco de aire fresco –dijo–. Así podréis contar mejor lo que pasó con aquellas mujeres, porque lo que hicisteis con el orujo es algo que salta a la vista.

Estela atravesó la habitación y se detuvo un instante frente a Andrés, que permanecía inmóvil junto a la entrada. Apenas durante un par de segundos lo miró a los ojos, al tiempo que sus labios dibujaban una breve sonrisa. Luego abrió la puerta y salió.

Andrés buscó a Carlos con la mirada. Seguía en el sitio donde Estela lo había dejado, inmóvil, como si estuviera obedeciendo una orden. Entonces comprendió que no se movería de aquel lugar. La joven ejercía sobre él un dominio absoluto y, en aquel momento, la voluntad de Estela –estaba completamente seguro– era que Carlos permaneciera dentro de la cabaña. Andrés salió al exterior y cerró la puerta.

Entonces se preguntó si habría salido por su propia voluntad u obedeciendo también un mandato de Estela. No supo responderse.

Capítulo decimotercero

La pesadilla

ANDRÉS no sintió frío en el exterior de la cabaña, a pesar de que la nieve seguía cubriendo las montañas. Después del fuerte temporal de los días anteriores, el clima se había serenado y la primavera volvía a parecer primavera. No vio a Estela y caminó un rato sin rumbo. Se sentía extrañamente a gusto en aquel lugar, en medio de las montañas impresionantes que le rodeaban por doquier y bajo la luna, que en esos momentos se encontraba velada por una nubecilla que parecía un manto de gasa blanca. Respiró profundamente un par de veces y sintió un gran placer al notar que sus pulmones se henchían con aquel aire tan limpio y fresco.

A la luz de la luna se preparó un porro y comenzó a fumar con parsimonia. Se quedó embelesado mirando las cumbres.

–¿Qué haces? –la voz de Estela lo sobresaltó.

–¡Eh! Pero… ¿de dónde sales?

–Si me lo propongo, puedo caminar sin hacer ningún ruido.

–¡Ya lo creo!

Andrés miró el porro encendido entre sus dedos y se lo ofreció a Estela.

–¿Quieres dar una calada?

Ella lo cogió, lo miró un instante y lo dejó caer al suelo. Luego, lo pisoteó. Se quedó mirando a Andrés fijamente a los ojos en medio de un profundo silencio. Al cabo de unos segundos se retiró unos pasos y clavó su mirada en aquel paisaje que la noche volvía fantasmagórico.

–Cuéntame cosas de ti –dijo de pronto, sin volverse.

–¿Y qué quieres saber? –preguntó Andrés de forma evasiva.

–Sólo quiero que me hables de ti.

–¿De las cosas que hago en Madrid? –volvió a preguntar él, esta vez algo confundido.

–Prefiero que me hables de las cosas que sueñas en Madrid.

Andrés trató de encontrar una respuesta, pero las palabras de Estela volvían a desconcertarle una vez más. ¿Qué soñaba? ¿Soñaba en realidad con algo?

–Cuando duermo sueño muchas cosas, pero nunca las recuerdo. Y cuando estoy despierto nunca sueño.

–¿Nunca? –se extrañó ella–. Yo creo que los sueños van tan unidos a nuestro pensamiento, que cuando pensamos ya empezamos a soñar alguna cosa.

–Pero los sueños a veces se convierten en pesadillas.

Andrés avanzó hasta donde se encontraba Estela y se colocó a su lado, hombro con hombro. Los dos miraban en la misma dirección, y sus ojos parecían haberse extraviado en algún recoveco tenebroso de la montaña. Y en esta postura, como si el fuerte temporal de los días anteriores los hubiese congelado para siempre, hablaban sin mirarse.

–¿Tienes alguna pesadilla? –preguntó Estela.

–Tengo una, que se repite. Aunque en realidad se trata de algo que sucedió de verdad.

–¿Cuándo?

–Hace tan sólo unos meses.

–¿Quieres contármelo?

–No se lo he contado a nadie aún.

–Si es un secreto...

–¡No! ¡No es eso! Desde el primer momento pensé que lo que para mí se había convertido en una pesadilla, a mis amigos sólo les causaría risa.

–Es difícil que la pesadilla de una persona pueda causar risa a otra.

–No conoces a mis amigos.

–Entonces, ¿me lo contarás?

–Sí, lo haré –Andrés volvió a respirar hondo un par de veces, como si de esta forma pudiese hilvanar mejor sus recuerdos–. Regresábamos a Madrid de madrugada en el coche de Juanjo, que ya tiene dieciocho años y se ha sacado el carné de conducir. Habíamos pasado la noche de marcha, en una zona de bares y discotecas que está en las afueras de la ciudad. Habrás estado alguna vez en un sitio así.

–No.

–¿No? A veces me pareces de otra galaxia –se sorprendió Andrés–. Al menos, lo habrás visto en la tele. De cuando en cuando se habla de esos sitios.

–No veo la tele.

–¡Buf! –resopló Andrés–. Pues... imagínatelo entonces. Se trata de ir de una discoteca a otra, y luego a un bar, y a otro, y de nuevo a una discoteca... Y beber, y fumar, y tomar pastillas... Y bailar a todas horas, y estar con chicas...

–Ya –se limitó a decir Estela–. ¿Y qué pasó?

–Pues... volvíamos ya de madrugada, con la música del coche a todo volumen. Yo tenía la sensación de que la cabeza me iba a estallar de un momento a otro. De pronto, vimos que la carretera estaba llena de coches que se habían detenido por algún motivo. Juanjo frenó, y también lo hicieron los que venían detrás. Todos volvíamos del mismo sitio.

Andrés interrumpió su relato y permaneció durante unos segundos en silencio, con la vista perdida en la inmensidad de aquel paisaje.

–Si no quieres seguir... –le dijo Estela.

–Estuvimos mucho tiempo parados, tal vez una hora –Andrés continuó su relato con decisión–. Pero a nadie parecía importarle demasiado aquel parón. La gente, como si la fiesta continuase, bailaba en las cunetas de la carretera, al ritmo de cien músicas frenéticas que se mezclaban y que procedían de los potentes altavoces de todos aquellos coches.

Se produjo una segunda interrupción en el relato. Parecía como si Andrés necesitase de cuando en cuando una pequeña pausa para ordenar sus recuerdos y, tras ella, lo reanudaba con nuevos bríos. Por eso, en esta ocasión Estela prefirió permanecer en silencio.

–Me encontraba muy aturdido. Entonces se me ocurrió empezar a andar por el asfalto. No pretendía averiguar el motivo de aquel parón, sino solamente andar, despejarme un poco, recobrar una pizca de consciencia. Unos metros más adelante descubrí dos coches destrozados, que habían chocado de frente. Y allí, al lado de un montón de hierros retorcidos, alineados en el suelo, rodeados de policías y bomberos, había varios cuerpos. Eran jóvenes, como nosotros, chicos y chicas, y estaban muertos, destrozados.

–Y en tu pesadilla aparecen esos cuerpos sin vida, ¿no es eso? –preguntó Estela, para confirmar alguna sospecha.

–No –respondió Andrés con seguridad.

–¿No? –se extrañó ella.

–En mi pesadilla regreso al lugar donde estaban mis amigos, recorro el tramo que había entre aquellos cuerpos sin vida y el coche de Juanjo. Sólo eso.

–¿Y ves alguna cosa especial?

–Me veo a mí mismo, una y otra vez, pasando al lado de los coches detenidos en la carretera. En el primer coche, el más cercano al accidente, veo a un chico y a una chica llorando, abrazados, y a otros dos paralizados por el terror. En el segundo coche todos están en silencio, inmóviles, evitan mirarse y no hablan entre sí.

Andrés se detuvo un instante y Estela, interesada por aquel relato, le preguntó enseguida:

–¿Y en el tercer coche?

–En el tercero tienen la música a todo volumen. Varios muchachos ríen, gritan, beben... Y también en el cuarto coche, y en el quinto, y en todos los demás. ¿Lo entiendes? A partir del tercer coche a nadie le importa lo que ha sucedido allí, a tan sólo unos metros. ¡Si un cadáver no nos salpica de sangre nos tiene sin cuidado!

–Cálmate.

–Empecé a sentirme mal, muy mal. Me abracé a un árbol y vomité. Luego me metí en el coche de Juanjo y me acurruqué en un extremo del asiento trasero. No me moví hasta que llegamos a Madrid.

–Tú no pudiste hacer nada por evitar aquel accidente –le dijo Estela, tratando de tranquilizarlo.

–Eso ya lo sé.

–La muerte siempre está a nuestro alrededor.

–¡Pero no fue la visión de aquellos cuerpos sin vida lo que me hizo vomitar! ¡No fue eso! ¡Fue la indiferencia que mostraban los demás! ¡Y yo estaba entre los demás!

–¿Qué sentías?

–Muchas cosas a la vez: asco, pena, compasión..., pero toda esa mezcla de sentimientos no me la causaban los otros, sino yo mismo, mi propio cuerpo, hecho una bola en el asiento del coche. Y eso era lo peor de todo.

Tras una nueva pausa, más larga que las anteriores, Andrés cambió de postura, se colocó frente a Estela y forzó una sonrisa, que sólo consiguió a medias. Luego hizo un gesto con sus manos, como indicando que no hablaría más.

–Ahora te toca a ti contarme cosas –le dijo.

–¿Qué te gustaría saber de mí? –le preguntó Estela.

–Todo –respondió Andrés con seguridad–. Pero me conformaré con cualquier detalle.

Andrés volvía a sentirse atrapado por aquellos ojos que le miraban fijamente. Sintió deseos de abrazar a Estela, de atraer su cuerpo hacia el suyo para sentirla más cerca; pero había algo misterioso que se interponía entre ellos, algo que siempre le detenía. No sabía de qué se trataba, ni siquiera podía explicar con un mínimo de precisión lo que sentía. A veces tenía la impresión de que entre Estela y él se alzaba una pared transparente e infranqueable.

–Me apetece besarte –dijo al fin, haciendo un gran esfuerzo.

–¿Y por qué no lo haces? –preguntó ella.

–No puedo entenderlo, pero algo me detiene.

–Mejor así.

–¿Mejor? –se extrañó Andrés.

–Si me besaras ahora, tal vez te arrepentirías toda la vida.

–¿Por qué?

Estela no respondió la última pregunta y se separó de Andrés. Dio unos pasos y luego se detuvo. Se quedó mirando las altas cumbres que tenía delante, sobre las que brillaba la luna, y comenzó a hablar:

–Estas montañas, estos valles, estos ríos... se empequeñecen poco a poco. No quiero decir que se encojan, no: su tamaño es el mismo, y también su forma; pero se empequeñecen. Y esto sucede porque los seres humanos empujan y empujan por todas partes, indiferentes a todo, insensibles, despiadados. Empujan con sus rebaños, sus cultivos, sus vehículos todo terreno, sus incendios, sus pantanos, sus tendidos eléctricos, sus carreteras, sus deportes, su turismo... La vida salvaje va desapareciendo de este planeta día a día, segundo a segundo. Tal vez ya sea tarde y la pena de muerte haya sido firmada. ¿Querías saber cosas de mí? Pues te diré que estoy del lado de los condenados, lo mismo que tu tío. Es probable que perdamos la guerra, pero lucharemos con todas nuestras fuerzas, a dentelladas si es preciso, por un trozo de naturaleza virgen.

Las palabras de Estela habían dejado a Andrés muy confundido. Sabía de sobra a qué se refería ella, pero no esperaba una declaración tan rotunda y apasionada en aquel momento. Pensó que tenía que decirle algo, pero no sabía qué y, por más que buscaba palabras, no hallaba las adecuadas.

–Cada vez hay más gente sensibilizada... –comenzó a decir, inseguro, aun a sabiendas de que caería en el tópico más recurrente.

Estela no le respondió. Ni siquiera se volvió para mirarlo. Seguía absorta, con la mirada perdida entre las cumbres desnudas de las montañas.

Unos segundos después un aullido largo y límpido resonó por todo el valle, como si el eco lo hubiese transportado de un lado a otro. Estela salió de su ensimismamiento.

–Son lobos, ¿verdad? –le preguntó Andrés.

–Sí –respondió ella de forma mecánica.

–Debemos volver a la cabaña. Allí estaremos más seguros.

–Regresa tú.

Y Estela no le dio tiempo a reaccionar.

Echó a correr y en unos momentos desapareció, tragada por las sombras de la noche y la espesura de la naturaleza. Andrés trató de seguirla, pero se sintió incapaz de intuir siquiera por dónde se había marchado.

Oyó gritos junto a la cabaña y se volvió. Los tres cazadores salían en tropel con sus armas en la mano, tambaleándose. En ese instante un nuevo aullido, mucho más próximo que los anteriores, rasgó el silencio de la noche.

–¡Es esa fiera! –gritó Toribio.

–¡Vamos a acabar con ella de una vez! –gritó también Toño.

–¡Jodida loba...! –Lino hablaba y escupía al mismo tiempo–. ¡Esta vez no escaparás!

Andrés no sabía si habría sido el aullido, o simplemente el orujo, lo que había vuelto locos a aquellos cazadores. Pero los tres corrían como si en ello les fuese la vida. De pronto pensó en Estela y corrió hacia la puerta de la cabaña, donde Carlos permanecía, inmóvil, embutido en su grueso anorak.

–Estela... –sólo pudo pronunciar su nombre.

–Volverá pronto –le dijo Carlos.

Y aquellas palabras volvieron a paralizarlo. No podía entender lo que le pasaba, era como si de pronto su voluntad se viese atrapada por una fuerza extraña; pero al mismo tiempo sintió una gran tranquilidad, pues estaba convencido de que, de alguna forma que él ignoraba, Carlos sabía que Estela se encontraba bien.

–En una ocasión me dijiste que tú eras su guardián, su cómplice y quizá algo más. ¿Qué significa eso? –le preguntó.

–Cuando pronuncié esas palabras, también te dije que regresaras a tu ciudad y nos dejases en paz –le respondió Carlos.

En el interior de la cabaña, tumbado sobre una manta, Valentín dormía ajeno a todo lo que estaba ocurriendo. El calor de las llamas y, sobre todo, el orujo trasegado habían producido efectos fulminantes en él.

Andrés y Carlos se sentaron también cerca de la chimenea y, en silencio y visiblemente tensos, permanecieron a la espera. De cuando en cuando llegaban hasta el interior de la cabaña nuevos aullidos y algunos disparos, cada vez más lejanos.

Al cabo de dos horas, que a Andrés se le hicieron interminables, la puerta de la cabaña se abrió y, como surgida de la oscuridad de la noche, apareció Estela. Andrés se levantó de un salto y corrió hacia ella. Descubrió su rostro sonriente, pero empapado de sudor.

–¿Estás bien? –le preguntó nervioso.

–Pues claro –respondió ella.

–Esa loba, la que perseguían los cazadores, anda por aquí cerca. Se han marchado los tres con intención de matarla. ¿Has oído sus aullidos?

Estela sonrió a Andrés y, tras acercarse a la chimenea, se sentó junto a Carlos y cruzó con él una mirada llena de mensajes ocultos.

Capítulo decimocuarto

Sajambre

DURMIERON junto a la chimenea, que estuvo encendida durante toda la noche. Carlos se levantó en varias ocasiones para cargarla de leña y evitar que se enfriase la estancia. Los tres cazadores no volvieron a dar señales de vida. A buen seguro habrían seguido disparando en medio de la noche a cualquier sombra que pareciera moverse, hasta caer rendidos por la fatiga y atontados por el orujo.

Con las primeras claridades del día, Valentín se levantó con dificultad; primero se llevó las manos a los riñones y se estiró poco a poco, como si todos los huesos de su cuerpo se hubieran atrofiado y ahora tuviesen que colocarse en su sitio uno a uno. Luego, una vez incorporado del todo, se llevó las manos a la cabeza y se apretó las sienes con fuerza. Por último, miró a los tres jóvenes, que dormían muy juntos, envueltos en las mantas.

Tambaleándose, salió al exterior. El día había vuelto a amanecer completamente despejado, lo que presagiaba buen tiempo. No obstante, Valentín comenzó a tiritar en cuanto recibió en su rostro el impacto de la brisa fresca que recorría el valle. Movió los brazos varias veces e intentó dar una carrerita, pero se sentía demasiado torpe para coordinar sus movimientos. Por eso se dirigió al coche, abrió la portezuela y entró. Rebuscó por sus bolsillos hasta que encontró las llaves e inmediatamente puso el motor en marcha; después conectó la calefacción al máximo y esperó hecho un ovillo hasta que el aire que salía por las rejillas se volvió caliente. Luego, poco a poco se fue relajando sobre el asiento y de nuevo se quedó dormido.

Unos gritos lo despertaron. Abrió los ojos despacio y a unos metros de distancia descubrió a Estela, Carlos y Andrés corriendo y saltando. Parecían jugar a perseguirse, y el juego debía de resultarles muy divertido, ya que no dejaban de reír. Los observó al tiempo que recapacitaba sobre si el empeño con que se había tomado la búsqueda de Marcelo Morlán tenía realmente sentido.

Andrés se acercó hasta el coche y golpeó la ventanilla.

–Sal de ahí y ven a correr un rato con nosotros; así entrarás en calor –le dijo.

Desayunaron con lo que había sobrado de la cena y dejaron un poco para Valentín, pero el editor, que no salió del vehículo en ningún momento, rechazó la comida y les hizo ostensibles gestos para que se dieran prisa.

En cuanto los muchachos entraron en el coche, Valentín metió la primera y abandonaron aquel lugar por el único camino posible, el mismo que habían utilizado la noche anterior en sentido inverso.

Descendieron por el puerto del Pontón hasta Oseja de Sajambre, siguiendo una carretera que se precipitaba por el valle de forma espectacular. Cuando vislumbraron las primeras casas del pueblo, Estela le dijo a Valentín:

–A la izquierda verás un desvío a Pío de Sajambre. Tómalo.

La bifurcación se encontraba unos metros antes de la iglesia de piedra, con su torre rematada por una cúpula lisa y desnuda. Valentín detuvo el coche en ese punto y se quedó mirando el indicador de la carretera.

–Pío de Sajambre, tres kilómetros doscientos metros –leyó–. ¿Es allí dónde se encuentra Marcelo Morlán?

–Sí –se limitó a responder Estela.

El editor volvió la cabeza y descubrió que justo enfrente de la iglesia había un bar.

–Necesito un par de cafés para entonarme un poco –comentó, y detuvo el coche al lado de la puerta del establecimiento.

Valentín fue el único que entró en el bar. Andrés cruzó la carretera y buscó un hueco entre las casas para admirar el paisaje. Al cabo de unos segundos sintió la presencia de Estela. Ella señaló con su brazo en una dirección y le dijo:

–Pío de Sajambre apenas se ve desde aquí, pero en línea recta estamos muy cerca. Allí se encuentra tu tío. ¿Ya no tienes ganas de verlo?

Andrés se acercó a Estela y se interpuso entre ella y el paisaje que trataba de señalarle. La miró a los ojos y una vez más se sintió atrapado en aquella mirada envolvente y misteriosa. Pero esta vez no estaba dispuesto a quedar aturdido por aquellos ojos, esta vez le diría a Estela lo que sentía de verdad.

–No sé si tengo ganas de ver a mi tío –dijo–. Te aseguro que no lo sé. Sí las tenía cuando salí de Madrid, pero ahora lo que me apetece de verdad es estar contigo a todas horas, no separarme de ti. No sé quién eres, ni a qué te dedicas, y confieso que tu forma de ser me desorienta por completo; pero no quiero apartarme de ti.

Andrés acercó su rostro al de ella. Podía percibir sus ojos como dos volcanes, y su pelo como un mar embravecido, y el aliento de su boca como una brisa encantada capaz de enajenarlo durante el resto de su vida... Pero cuando fue a besarla, ella se apartó con decisión.

–Ya te he dicho que si me besas puede que te arrepientas el resto de tu vida –le dijo ella.

–¡Eso es una estupidez! –se enfadó Andrés.

Estela le dio la espalda, cruzó la carretera y se dirigió hacia el coche justo en el instante en que Valentín salía del bar. Andrés sintió ganas de gritar. No podía entender nada de lo que le estaba pasando. Su vida era un sinsentido en Madrid, pero tenía la sensación de que el viaje que había emprendido la había convertido en el más absoluto de los absurdos.

Valentín hizo sonar la bocina del coche. Andrés lo miró con rabia. Todos estaban dentro, esperándolo. Cruzó la carretera y ocupó su puesto sin decir nada.

El editor arrancó de nuevo, giró ciento ochenta grados y tomó el desvío hacia Pío de Sajambre.

La carretera era tan estrecha que, de encontrarse con otro vehículo en dirección contraria, habrían tenido serias dificultades para pasar. Seguía la sinuosa vertiente de la montaña, entre árboles que casi siempre impedían una visión amplia del valle.

Pío de Sajambre se extendía, alargado y disperso, a ambos lados de la carretera, que allí mismo se interrumpía con brusquedad. Lo atravesaron despacio, sorteando gallinas que picoteaban por todas partes. Muchas casas se adivinaban vacías, con los postigos y las puertas bien cerrados. Pero unas cuantas chimeneas humeantes indicaban que las gallinas no eran las únicas moradoras de aquel pueblo. Pasaron junto a una iglesia, más pequeña que la de Oseja, también de piedra y con una espadaña rematada por una cruz, con dos vanos en los que colgaban dos campanas, y continuaron por un camino embarrado. Dejaron lo que parecían las dos últimas casas del pueblo y llegaron a otra, pequeña y aislada, casi tragada por los prados y rodeada de árboles; desde su chimenea ascendía una zigzagueante columna de humo blanco.

Estela le hizo una indicación a Valentín y éste detuvo el coche frente a la casa. Tras bajar, se quedaron mirando la puerta cerrada.

–¿Es aquí? –preguntó Valentín, un poco incrédulo.

–Sí –respondió Estela.

–¡Al fin! –exclamó el editor–. Ahora sólo falta que se haya marchado.

–Os está esperando.

–¿Estás segura?

–Sí.

Valentín observó a Estela durante unos instantes en silencio, como si estuviera tratando de ordenar algunas ideas.

–De modo que tú sabes que Marcelo Morlán nos está esperando –reflexionó en voz alta–. Eso sólo puede significar una cosa: que os ha utilizado a Carlos y a ti para que nos condujeseis hasta él. ¿Me equivoco?

–No me gusta la palabra *utilizado* –replicó Estela.

–Y por eso, la otra noche, en León, durante el entierro de Genarín, tú te acercaste a Andrés, fingiste un encuentro casual y lo engatusaste con tus encantos, que debo reconocer que son muchos... Todo ha salido como habíais planeado.

–Te equivocas –se limitó a decir Estela, algo confundida.

Andrés escuchaba absorto la conversación entre Estela y Valentín, y cada palabra era como un mazazo que se estrellaba contra su cuerpo y le iba dejando más y más perplejo. Estaba descubriendo un hecho que le resultaba muy doloroso: en realidad, Estela no había mostrado interés alguno por él, sino que simplemente estaba cumpliendo a la perfección un encargo de su tío. Su encuentro en León no había sido casual; estaba planeado fríamente de antemano.

La buscó con la mirada hasta encontrar sus grandes ojos. Se miraron un instante, pero ella, por primera vez desde que la había conocido, bajó la cabeza e, incluso, dio media vuelta y se alejó unos pasos en dirección a la casa.

En ese instante se abrió la puerta de madera de la casa y en el umbral se recortó la figura de un hombre alto y de complexión robusta, con el pelo abundante y muy largo, completamente blanco, igual que su barba. A pesar de las canas, no aparentaba mucho más de cincuenta años. Abrió sus brazos a modo de saludo y dijo:

–Aquí me tenéis.

Se acercó a Estela, le pasó un brazo por encima de los hombros y la besó en la mejilla. Lo mismo hizo con Carlos. Luego se acercó a Valentín y le estrechó la mano. Por último, se acercó a Andrés y le tendió sus brazos. El muchacho se dejó abrazar y besar por su tío.

–Creo que no te hubiera reconocido –le dijo Marcelo–. Estás muy cambiado desde la última vez que te vi. Entonces eras un niño.

–Es que ha pasado mucho tiempo.

–Sí...

–Y tus padres, ¿están bien?

–Creo que cada minuto que pasa se vuelven un poco más locos.

Marcelo rió de buena gana con las palabras de su sobrino. Pero Andrés ni siquiera pudo esbozar una sonrisa. Por fin había encontrado a su tío, el rebelde, el diferente a todas las personas que conocía, el escritor famoso... Lo tenía delante de él y, sin embargo, no era capaz de encontrar las palabras que expresasen la emoción que sentía.

Después de un largo y tenso silencio que nadie parecía dispuesto a romper, Marcelo les señaló la puerta entreabierta de su casa.

–Podéis pasar –dijo.

Valentín, como si estuviera esperando una señal, caminó hacia la casa y entró con decisión. Marcelo siguió al editor, pero Andrés permaneció en el mismo sitio, inmóvil, con la vista perdida en el abrupto paisaje.

No podía creérselo todavía. Si tan sólo una semana antes alguien le hubiera dicho en Madrid que se iba a sentir sobrecogido y emocionado por un puñado de montañas inaccesibles, de bosques cerrados, de arroyos y regatos que saltaban entre las piedras y se desbordaban por los prados..., sin duda habría respondido que se referían a otra persona. ¡El paisaje una y otra vez! Pero ¿qué extraño poder de sugestión tenía aquel paisaje?

Oyó las pisadas de Estela y la sintió a su lado, muy cerca.

–Tendrás muchas cosas de que hablar con tu tío –le dijo.

–No lo sé –respondió Andrés sin mirarla–. Tal vez no tengamos nada que decirnos.

–Sería una pena que dos personas como vosotros no tuvieran nada que decirse.

Andrés se encogió de hombros.

–Conozco de sobra el rollo de los que se llaman adultos y te aseguro que no me interesa nada. Y mi tío, al fin y al cabo, es eso: un adulto.

Estela se colocó frente a Andrés y no se movió hasta que él la miró de nuevo.

–Me voy –le dijo.

–Has cumplido muy bien tu trabajo; te felicito –Andrés apenas podía contener la rabia que sentía–. Dime sólo una cosa; se trata de una simple curiosidad: ¿mi tío te ha pagado por hacerlo?

La expresión del rostro de Estela se endureció de tal manera, y su mirada se volvió tan incisiva, que Andrés sintió miedo. Ella, de repente, parecía una fiera que estuviera reprimiendo las ganas de saltar sobre su presa para descuartizarla sin piedad. Él comprendió al instante que lo que había dicho carecía de fundamento y quiso disculparse, pero las palabras parecían haberse perdido en algún rincón de su cerebro.

Estela apretó los dientes para no gritar y se alejó deprisa.

–¡Espera! –exclamó Andrés.

No sabía cómo, pero esa palabra había salido de su garganta, y sintió un gran alivio. Estela se detuvo y él se acercó.

–¿Qué quieres?

–¿Volveremos a vernos? –preguntó.

–Ya es demasiado tarde –le respondió ella.

Andrés quería seguir preguntándole cosas, pero ella no le dio opción alguna, ya que se alejó del lugar caminando deprisa, seguida por Carlos, que parecía un perro obediente y fiel. ¿Qué había querido decir Estela con aquellas palabras? ¿Por qué ya era demasiado tarde?

Andrés siguió con la mirada a Estela y a Carlos, hasta que los perdió de vista. Después entró en la casa de su tío. Se sentía completamente desconcertado.

Capítulo decimoquinto

El escritor

–QUIERO que me expliques una cosa: ¿cómo sabías que tu sobrino y yo estábamos buscándote?

Marcelo retiró la cafetera de la lumbre y la posó sobre la mesa, al lado de un cazo con leche humeante. Luego, de una alacena sacó tres tazas, tres cucharillas y un tarro con azúcar.

–Aquí está el café –dijo, ignorando la pregunta de Valentín y mirando a su sobrino–. Más tarde prepararemos algo para comer. Tendrás que decirme qué es lo que te gusta.

–Como cualquier cosa –Andrés se encogió de hombros.

–No me has respondido, Marcelo –insistió el editor.

–¿Y tengo que hacerlo? Tu pregunta casi parecía una amenaza.

Marcelo acercó una silla a la mesa y se sentó también. Luego sirvió el café.

–Perdóname si he utilizado un tono algo desagradable –se disculpó Valentín–, pero llevamos varios días siguiendo tu rastro y creo que mis nervios se han alterado un poco. A estas horas debería estar en Madrid, en la editorial. Espero que lo comprendas.

–Nadie te ha pedido que vinieras.

–¿No vas a responderme entonces?

–Sí, lo haré, pero ¿tiene que ser ahora mismo?

–Supongo que podré esperar un rato más –dijo Valentín con resignación.

–Tengo que hablar con mi sobrino; lo he prometido –añadió Marcelo.

–¿Qué quieres decir? –saltó inmediatamente Andrés, sorprendido por las palabras de su tío.

Marcelo bebió un poco de café y miró al muchacho.

–Sí; es verdad que alguien me ha pedido que hablemos, que nos conozcamos.

–¿Quién? –preguntó Andrés con curiosidad.

–Eso no importa –respondió Marcelo–. Debo decirte una cosa: ahora que te he visto, que te tengo frente a mí, me apetece de verdad que nos conozcamos.

–¿Antes no te apetecía?

–No.

Andrés se sorprendió por la sinceridad de su tío.

–¿No? –preguntó sin darse cuenta.

–Ya sé que eres mi sobrino –continuó Marcelo–, pero perteneces a un mundo que decidí abandonar hace tiempo. Además, no te conocía de nada. ¿Acaso a ti te apetecía conocerme?

Andrés se quedó pensando en la última pregunta. Recordó entonces todos los momentos de su vida en que había pensado, casi sin caer en la cuenta, en su tío, el hermano mayor de su padre, denostado primero por toda su familia y luego ensalzado hasta extremos que le resultaban ridículos. Ahora había dejado de ser el personaje fantástico, casi legendario, que su cerebro había ido conformando y se había convertido en una persona real con la que compartía un café con leche en su propia casa.

–Sí –respondió, casi sin querer.

Marcelo miró a su sobrino con gran interés.

–¿Y por qué querías conocerme?

A la nueva pregunta de su tío le iba a costar mucho más trabajo responder.

–No lo sé –dijo–. A pesar de que no te conocía, he pensado muchas veces en ti.

–¿Y qué pensabas?

–Te imaginaba viviendo de forma diferente a la nuestra...

–Bueno..., ¿y por dónde comenzamos a conocernos? –Marcelo sonrió a su sobrino–. Quizá deberíamos empezar a contarnos cosas: nuestras vidas, nuestras preocupaciones, nuestros deseos... Pero, dicho así, resulta muy artificial.

Por la mente de Andrés pasaron los fotogramas de un vídeo que sus padres guardaban con celo en un estante de la librería del salón. Allí estaba grabado un reportaje de veinte minutos que Televisión Española había realizado sobre Marcelo Morlán años atrás, pocos días antes de que se publicase su última novela y de que él desapareciese misteriosamente. Lo había visto muchas veces, sobre todo en los últimos tiempos, cuando se sentía abatido y sin ilusiones por nada. Entonces ponía el vídeo, se imaginaba que era su tío y que, como él, abandonaba el mundo para refugiarse en algún lugar donde su existencia tuviese un poco más de sentido.

Por aquel reportaje sabía que su tío salió de España cuando tenía más o menos su edad, con lo puesto y con los bolsillos vacíos, que viajó por Europa, África, América... Como tantos otros jóvenes de su generación, buscaba algo que diera significado a su vida. Se rodeó de gente que también buscaba, pero siempre hubo una diferencia entre aquellas personas y él. Ellas, poco a poco, iban encontrando cosas, motivos para dejar de buscar: la música, una comuna *hippy,* las drogas, un gurú tibetano, la revolución... En ese momento del reportaje recordaba unas palabras de su tío: «Mis compañeros de viaje fueron encontrando lugares donde intentar ser felices y yo me quedé completamente solo.» Fue entonces cuando comenzó a escribir en una ciudad emblemática: París. La primera novela la escribió en francés y fue un bombazo. A partir de ahí el reportaje perdía interés, pues se convertía en una sucesión de éxitos y reconocimientos.

Tras repasar atropelladamente aquellas imágenes, Andrés sintió la necesidad de preguntarle algo a su tío, algo que consideraba esencial:

–¿Encontraste en las novelas lo que tanto habías buscado a lo largo de tu vida?

Marcelo, después de unos segundos de silencio, respondió como si en todo momento hubiese estado leyendo el pensamiento a su sobrino:

–La respuesta es *no*.

–¡Elemental! –exclamó Valentín, abriendo los brazos para apoyar sus palabras con ese gesto–. Eso es lo único que justificaría tu decisión de dejar de publicar.

Valentín Palacios había hecho un largo camino hasta encontrar a Marcelo Morlán. Ahora lo tenía junto a él, sentado a la misma mesa, compartiendo la misma cafetera. Podía resultar muy interesante y conmovedora la conversación del escritor con su sobrino, ese muchacho que se había prestado a acompañarlo impulsado tal vez por la curiosidad, o quizá por otro motivo que no acertaba a comprender en esos instantes; pero él no podía perder más tiempo y no iba a desperdiciar un solo minuto más.

–Escúchame un momento, Marcelo –le dijo–. Yo sé que un escritor como tú no puede renunciar a escribir. Estoy seguro de que en alguna parte, quizá en esta misma casa, guardas el manuscrito de una nueva novela. Los artículos que publicas de cuando en cuando en el *Diario de León* son la prueba de que sigues escribiendo.

–Esos artículos nada tienen que ver con mis libros –puntualizó Marcelo.

–Te diré sin más rodeos lo que pretendo –continuó Valentín–: quiero que me vendas los derechos de edición de ese nuevo libro que has escrito. En una ocasión, hace ya algunos años, me buscaste para ofrecerme una novela, cansado del mercantilismo de las grandes empresas editoriales. Yo no he cambiado: sigo siendo el modesto editor de siempre.

Marcelo tomó su taza y apuró el café que quedaba.

–No existe ese libro –le contestó.

Valentín se sintió desconcertado por un instante, pero reaccionó enseguida.

–Pues entonces escríbelo ahora. Fijemos un plazo, hagamos un contrato...

–No voy a escribirlo –las palabras de Marcelo eran contundentes, fruto de una decisión tomada con firmeza de antemano.

–Estoy con el agua al cuello –Valentín cambió de estrategia–. Creo que sólo una nueva obra de Marcelo Morlán podría salvar la editorial de la ruina.

–Mi decisión es definitiva.

Valentín se agarró la cabeza con las dos manos y durante un momento pareció que iba a golpeársela contra el tablero de la mesa. Luego se levantó de la silla, paseó nervioso unos instantes por la habitación y se detuvo junto a la ventana. Miró hacia el exterior y habló en tono crispado, sin volver la cabeza:

–¿Cómo puedes despreciar tu vocación de escritor? ¡Si yo tuviera ese talento...!

–No puedo hacer nada por cambiar las cosas –respondió Marcelo, también sin mirarlo.

–¿No existe posibilidad alguna de convencerte?

–No la hay. Ni siquiera me hubieseis encontrado de no ser por Estela.

En el momento en que Marcelo pronunció el nombre de Estela, Andrés sintió una especie de estremecimiento. ¿Qué significaban las últimas palabras de su tío? Ahora Estela parecía convertirse no en la intermediaria, sino en la propia causante del encuentro.

–¿Qué has querido decir? –le preguntó a Marcelo.

–Creo que ha llegado el momento de aclarar las cosas de una vez –dijo Marcelo a su sobrino–. Verás: yo sabía que Valentín y tú habíais salido de Madrid en mi busca y, como ya te he dicho antes, no me apetecía veros a ninguno de los dos. Sabía que la única pista que teníais eran mis artículos publicados en el *Diario de León;* por eso estaba seguro de que iríais al periódico para recabar información. Entonces le pedí a Estela que vigilase vuestros pasos, pues quería asegurarme de que jamás me encontraríais. Y ella os siguió, primero por la ciudad y después hasta Torrestío. Estaba claro que seguíais una pista equivocada y que no podríais encontrarme. Sin embargo, Estela decidió cambiar los planes y os condujo hasta mí.

–¿Ella? –preguntó Andrés boquiabierto–. ¿Y por qué lo hizo?

–Sólo me dijo que debía conocer a mi sobrino y que mi sobrino debía conocerme a mí. Me dijo también que nos parecíamos y que teníamos que contarnos muchas cosas.

–Pero... y Estela, ¿cuándo te dijo eso? –había algunos detalles que no encajaban en la mente de Andrés.

–Anoche.

–¿Anoche?

–Llegó a casa corriendo, sudorosa... Me dijo que estabais cerca, en una cabaña, donde pensabais dormir.

El cerebro de Andrés se afanaba por ordenar a toda prisa lo que había sucedido en la cabaña. Ahora comprendía la ausencia de Estela durante la noche anterior, cuando aquellos lobos comenzaron a aullar y los cazadores salieron a perseguirlos. De todas formas, seguía encontrando algunos puntos oscuros: ella había estado fuera aproximadamente dos horas, y en ese tiempo le parecía imposible hacer aquel recorrido, a no ser que hubiera abandonado la carretera y atajase campo a través.

Andrés se encontraba totalmente perplejo. Se reprochó mentalmente las palabras hirientes que había dedicado a Estela y sintió un vacío estremecedor al pensar que posiblemente no volvería a verla nunca más. ¿Y por qué nunca más? ¿Qué o quién se lo impediría?

Valentín, que había permanecido en silencio durante los últimos minutos junto a la ventana, volvió la cabeza y preguntó a Marcelo:

–¿Me responderás ahora la pregunta que te hice al principio? ¿Cómo sabías que Andrés y yo habíamos salido en tu busca? Creo que es el único detalle que ha quedado sin aclarar.

Marcelo dejó que su mirada se perdiese por las vetas del tablero de la mesa, luego miró al editor y respondió con seguridad:

–Me lo dijo Teresa.

–¡Teresa! –se sorprendió Valentín–. ¡De modo que Teresa y tú aún...! ¡Y yo que pensaba que vuestra relación se había roto hace años! ¡Es increíble! Todos los días charlando con ella, incluso hablando de ti mientras nos tomamos el café de media mañana... ¡Y ella fingiendo no saber nada!

–Teresa es lo único que conservo de mi vida anterior.

–¿Quién es Teresa? –preguntó Andrés, impaciente por completar aquel sorprendente rompecabezas.

–Trabaja desde hace mucho tiempo en la editorial –le respondió Valentín–. También escribe, pero sólo poesía; ha publicado cuatro o cinco libros de poemas. Poco después de que tu tío regresase a España vivieron un apasionado romance, que fue la comidilla de los ambientes literarios. Pero te aseguro que, en la actualidad, nadie podría siquiera sospechar que la relación entre ellos se mantuviese.

Marcelo se quedó mirando fijamente a Andrés, y a éste le pareció descubrir un brillo especial en sus ojos, como si el recuerdo del amor los hubiera iluminado de manera especial.

–Me he pasado la vida de un lado para otro, en busca de algo que ni siquiera yo sabía muy bien lo que era –dijo Marcelo, sin dejar de mirar a su sobrino–. Pero te aseguro que si alguna cosa se ha aproximado a ese *algo* que debía dar sentido a mi vida, esa cosa es el amor.

¡El amor! A Andrés le resultaba asombroso oír aquella palabra pronunciada por su tío. Había pensado muchas veces en él, pero, curiosamente, nunca se lo había imaginado enamorado.

Tal vez Estela tenía razón al decir que ellos dos se parecían, porque lo cierto era que él se encontraba completamente vacío en medio del mundo que le había tocado vivir, como antes le pasó a su tío, y sólo el amor, ese amor arrebatado y loco que sentía por Estela, parecía llenar de sentido su existencia.

Capítulo decimosexto

El misterio

VALENTÍN mostró deseos de marcharse en cuanto comprendió que Marcelo no le había mentido al asegurarle que no había escrito un nuevo libro y que no estaba dispuesto a hacerlo. Aquel desesperado viaje se había convertido para él en una absurda y descabellada aventura sin sentido y, por eso, estaba deseando terminarlo cuanto antes.

–Me siento ridículo –reconoció–. Y tengo el presentimiento de que tardaré en librarme de esta impresión.

–Espera hasta el atardecer –le pidió Marcelo.

–Nada me retiene aquí.

–Lo sé. Pero hazlo por Andrés y por mí. Acabamos de conocernos. Déjanos estar al menos unas horas juntos.

El editor acabó tumbado en un camastro que había junto a la chimenea encendida, y a los pocos minutos dormía profundamente. Sin duda, aquel jergón de lana apelmazada le pareció el más cómodo de los colchones, sobre todo al compararlo con el suelo duro, frío y húmedo donde había tenido que dormir la noche anterior.

Tío y sobrino pudieron hablar a sus anchas. Y lo hicieron. Las palabras surgían espontáneamente, y los temas, y los recuerdos, y las ideas, y hasta las opiniones encontradas en muchas ocasiones. Los dos mostraban gran curiosidad por descubrir cosas del otro; Marcelo le preguntaba a su sobrino por su vida en Madrid, mientras que Andrés deseaba saber sobre todo qué hacía ahora su tío, que durante años había viajado incansablemente por medio mundo, encerrado en un pueblecito rodeado de altas montañas y lejos de cualquier gran núcleo de población.

–Lo que me mantiene aquí es algo muy fuerte –dijo el escritor.

–¿No preferirías vivir con Teresa?

–Ya no puedo abandonar estas montañas. Me conformo con que venga a visitarme de vez en cuando.

–Pero puede ser que un día ella se canse de venir a verte.

–Sí, puede ser.

–Y que no vuelva nunca más.

–Lo sé.

–¿Y por qué no puedes abandonar estas montañas?

–Lo que más me atraía de los libros es la magia que encierran entre sus páginas, entre sus líneas, entre sus palabras... –a veces parecía que Marcelo hablaba para sí mismo–. Un libro es para mí, sobre todo, algo mágico y misterioso: un simple objeto de papel lleno de poderes extraordinarios que nos envuelve y nos traslada de un sitio a otro sin que apenas nos demos cuenta, nos emociona y nos entristece, nos hace reír y llorar... Un libro siempre es un misterio.

–No puedo entenderte –replicó Andrés–. Te pregunto por qué no puedes abandonar estas montañas y me respondes enumerando las maravillas de los libros, pero resulta que tú mismo has renunciado a seguir escribiéndolos.

–Lo que quería decirte es que el misterio me llevó a los libros y el misterio me tiene ahora retenido en estas montañas.

–¿A qué misterio te refieres?

–Al misterio. Sólo existe un misterio, Andrés.

–Creo que sigo sin entenderte.

–Un día tú mismo lo descubrirás.

Andrés se tomó con humor las últimas palabras de su tío. Negó ostensiblemente con la cabeza y sonrió.

–Creo que si sigo mucho tiempo en este lugar me volveré completamente loco.

–¿Por qué? –sonrió también Marcelo.

–Porque todos estáis un poco locos aquí: Estela, Carlos, Valentín, los tres cazadores que encontramos anoche...

–No te olvides de mí.

–Sí, creo que tú también estás un poco loco.

Prepararon un guiso de patatas con carne y comieron en animada charla mientras Valentín roncaba plácidamente sobre el camastro.

–Estas patatas están buenísimas.

–No están mal.

–¿Y nunca has pensado que lo tuyo era la cocina? A lo mejor *eso* que tanto buscabas se encontraba entre las cacerolas –bromeó Andrés.

–¡Oh, no! –rió Marcelo–. ¡No pretendas convertirme en cocinero! Además, te olvidas de que la cocina no tiene misterio alguno.

–Pues algunos cocineros dicen que sí.

–Lo hacen para darse importancia.

Y saltaban de temas intrascendentes a temas serios casi sin darse cuenta. Los dos se sentían muy a gusto.

–Recuerdo ahora unas palabras de Estela –dijo de pronto Andrés–. Me preguntó si tenía ganas de conocerte y de hablar contigo. Creo que yo me encogí de hombros. Entonces ella me dijo que sería una pena que dos personas como nosotros no tuvieran nada que decirse.

–Ella tenía razón.

–¿Por qué no me hablas de Estela?

–¿Qué quieres saber?

–Todo.

Marcelo sonrió y se levantó de la silla.

–Estela es un ser excepcional –dijo casi para sí.

–Pero ¿por qué es un ser excepcional?

–Hablemos de otra cosa –Marcelo pretendía desviar el curso de la conversación.

–Respóndeme antes.

–¿Por qué tienes tanto interés?

Andrés se quedó mirando fijamente a su tío y luego respondió con seguridad:

–Porque estoy enamorado de ella.

–¿Enamorado? –se sorprendió Marcelo–. Eso no es posible.

–Nunca he estado tan seguro de algo en mi vida –las últimas palabras de Andrés no dejaban ni un pequeño resquicio a la duda.

Tras la comida, dieron un paseo por el pueblo y sus alrededores. Valentín, al calor de la chimenea, parecía haberse convertido en la Bella Durmiente.

Pío de Sajambre se mostraba desierto; sólo las gallinas campaban a sus anchas por los caminos embarrados. Las aves bordearon la iglesia y atravesaron el conjunto de casas bajas, a veces apretadas, como si quisieran hacerse compañía y darse protección unas a otras, a veces dispersas por los prados llanos, o por la pendiente que llegaba hasta el río.

–¿No echas de menos nada? –le preguntó de pronto Andrés a su tío.

–¿A qué te refieres? –preguntó también Marcelo, no tanto porque no hubiera entendido la pregunta como para profundizar en los motivos que habían impulsado a su sobrino a hacérsela.

–A tu otra vida –respondió Andrés.

–Sólo hay una vida –filosofó Marcelo–, la que vivimos en el presente, mientras ensanchamos los pulmones para respirar y nuestro corazón bombea chorros de sangre.

–Creo que me has entendido –le reprochó amablemente Andrés–. No te vayas por las ramas.

–¡Sí, te he entendido! –rió Marcelo de buena gana.

–¿Y por qué no quieres responderme?

Marcelo trató de ordenar algunos recuerdos en su mente y comenzó a hablar:

–Al principio, mi actitud obedecía a una búsqueda. Me refiero a mi primera desaparición, cuando era como tú y me marché de casa. Sin embargo, mi segunda desaparición, hace unos pocos años, fue más bien una huida, el rechazo de un mundo que me parecía brutal, insolidario y terriblemente injusto. Mis sueños juveniles de transformarlo, de hacerlo más humano y sensible, se habían ahogado en el pestilente pozo negro de la realidad. Comprendí que estaba condenado a vivir holgadamente, con la aureola del éxito, instalado en un cómodo y privilegiado sillón, precisamente dentro de los engranajes de ese mundo que tanto aborrecía. Si no reaccionaba a tiempo, mi condena sería de cadena perpetua. Pero reaccioné.

Andrés negó varias veces con la cabeza y resopló.

–Si les contase tu historia a mis amigos, todos me dirían que estás loco de remate.

–¿Por qué?

–Porque tenías las dos cosas con las que sueñan todos los jóvenes: dinero y fama. ¡Y las mandaste a hacer puñetas!

–¿Todos los jóvenes sueñan con eso?

–Sí, todos.

–¿Tú también?

La última pregunta de su tío desconcertó a Andrés. Durante unos segundos permaneció en silencio, sin saber qué decir, hasta que, con gran firmeza, dos palabras salieron de su boca:

–Yo no.

–Me tranquiliza saber que no todos los jóvenes anhelan lo mismo –Marcelo pasó un brazo por encima de los hombros de su sobrino–. ¿Y cuál es tu anhelo?

–No lo sé –esta vez Andrés respondió con prontitud–. Y te aseguro que me gustaría saberlo. Creo que me pasa lo mismo que a ti: detesto el mundo que me ha tocado vivir, detesto mi propia vida... Te aseguro que me gustaría dar un hachazo y cortar con todo. El problema es que si diese ese hachazo a mi vida, me sentiría completamente perdido, sin saber qué hacer, adónde dirigirme, por qué luchar...

–¡Luchar! –suspiró Marcelo–. Me gusta esa palabra.

–Pero tú has arrojado la toalla –le reprochó Andrés.

–Te equivocas. Tu tío nunca arrojará la toalla, de eso puedes estar seguro. Pero mi lucha ha cambiado con mi vida. Ahora soy capaz de partirme el pecho por un puñado de árboles, por las aguas claras de un torrente, por el nido del urogallo, por la senda de los lobos...

Andrés recapacitó en voz alta:

–Entonces... las cosas que ahora dan sentido a tu vida son el amor, el misterio y la naturaleza. ¿No es así?

–No me gusta simplificar tanto, pero... –Marcelo titubeó antes de terminar la frase–, para entendernos, puede servir.

–Lo que no acabo de comprender es lo del misterio –continuó Andrés.

–El misterio está en todas partes, en la esencia misma del hombre y, por supuesto, en el amor y en la naturaleza. Lo que ocurre es que en algunos sitios se encuentra a flor de piel, casi podemos tocarlo.

–¿Aquí, por ejemplo?

–Sí.

Cuando regresaron a la casa, hallaron a Valentín levantado y dando buena cuenta de las patatas que habían quedado en la olla. No se había molestado en servirlas en un plato y las comía de pie, junto al fogón.

–¿Están calientes aún? –le preguntó Marcelo.

–Sí –respondió el editor con la boca llena.

Marcelo tocó la chapa de la cocina.

–Has tenido suerte de que la cocina no se apagase, porque te aseguro que esas patatas frías no hay quien se las coma.

Marcelo retiró las arandelas de la cocina, luego sacó del fogón un cubo con carbón, llenó una paletada y la echó cuidadosamente sobre las ascuas.

Valentín puso la cacerola boca abajo, para demostrar que no había dejado nada. Luego la colocó en el fregadero.

–Me gustaría dormir esta noche en Madrid, en mi cama –dijo.

–Podrás hacerlo –le contestó Marcelo.

Con Valentín despierto, Marcelo y Andrés perdieron la íntima sensación de complicidad que habían disfrutado. Enseguida, el editor miró su reloj.

–Es hora de marcharse –le dijo a Andrés.

Y Andrés, como si estuviera esperando esas palabras, miró primero al editor y luego a su tío.

–Yo no me voy –dijo con seguridad.

–Déjate de chiquilladas –le reprochó Valentín.

–He dicho que no me voy, y nadie me hará cambiar de opinión –añadió Andrés.

–Valentín tiene razón –intervino Marcelo–. No debéis perder más tiempo aquí.

Andrés se acercó a su tío y le habló mirándole a los ojos.

–Me quedo.

–Pero... ¿qué pretendes? –Marcelo no podía evitar cierta confusión.

–Buscaré a Estela y no pararé hasta encontrarla. ¿Es que no lo entiendes? ¡Estoy enamorado de ella! ¡No me iré de aquí sin decírselo!

Marcelo se acercó aún más a Andrés y le puso las manos sobre los hombros. Luego le habló en tono cariñoso.

–¿Aceptarás un consejo de tu tío? Debes olvidarte de Estela. Ella es distinta, muy distinta a todos nosotros. Guarda su recuerdo dentro de tu mente, en tu corazón, pero olvídala y regresa ahora a Madrid.

Andrés retrocedió un paso y se desprendió de las manos de su tío.

–¡Y tú me dices eso! –le replicó con indignación–. ¡Tú, que hace sólo unos momentos asegurabas que el amor era una de las pocas cosas por las que merecía la pena luchar en la vida!

Marcelo acusó el impacto. Las palabras de Andrés eran como aguijones que se clavaban en su piel.

–No seré yo quien te haga desistir –dijo, resuelto–. Pero, dime una cosa, y te pido que lo pienses bien antes de responderme: ¿estás seguro de tus sentimientos?

–Completamente.

Marcelo miró su reloj.

–Tenemos el tiempo justo –añadió–. ¡Vámonos!

–¿Adónde? –preguntó Andrés.

–Te llevaré junto a Estela.

Marcelo cogió un chaquetón que había colgado en una percha, junto a la puerta, y se lo puso. Valentín se acercó a él; su rostro reflejaba un gran desconcierto.

–Pero ¿os habéis vuelto locos de remate? –dijo.

–Supongo que sí –respondió Marcelo.

–Por lo menos tenemos seis horas de coche hasta Madrid.

–Antes buscaremos a Estela. ¿Nos acompañas?

–¿Acompañaros? Pero...

–Decídete rápido; no podemos perder ni un segundo.

Los tres salieron de la casa y, atravesando unos prados, se dirigieron en línea recta hacia el monte, donde hallaron un camino estrecho y empinado. Marcelo siempre caminaba delante y, de cuando en cuando, miraba su reloj, como si temiese llegar tarde a una cita importante.

era una de las pocas cosas por las que merecía la pena luchar en la vida.

[illegible]

Capítulo decimoséptimo

El beso de una fiera

ASCENDIERON con dificultad, sobre todo porque el camino en muchos tramos era muy resbaladizo. A veces el agua corría sobre él, como si se tratara del cauce de un arroyo. En pocos minutos, a sus espaldas, el pueblo se convirtió en un pequeño y abigarrado conjunto de casas, en medio de una inmensa ladera recubierta por un manto blanco de nieve horadado por miles de árboles que, a pesar del panorama, se disponían a preludiar la primavera.

Al cabo de una media hora de marcha en continua ascensión, coronaron una primera montaña y llegaron a una zona despejada y llana, desde donde podía admirarse casi todo el valle. Se detuvieron un instante. Andrés respiró profundamente varias veces, como si pretendiera apoderarse de todo aquel aire, tan limpio y fresco, que acariciaba sus mejillas y enfriaba la punta de su nariz. Miró a su alrededor y se sintió completamente engullido por el paisaje.

–¿Aquí vamos a encontrar a Estela? –preguntó a su tío, un poco extrañado.

–Sí –respondió Marcelo con seguridad.

–¿Y qué hace en este sitio?

–Le gustan estos lugares.

–Eso ya lo sé; ella me lo ha dicho. Pero ¿es que no tiene una casa donde vivir?

–¿Una casa? –se preguntó Marcelo–. Pues no sé si tendrá una. No puede permanecer quieta en ninguna parte: hoy está aquí, y mañana, muy lejos.

–Y ahora ¿dónde está?

–Detrás de ti.

Andrés se quedó paralizado al escuchar las últimas palabras de su tío, se volvió despacio y descubrió unos grandes ojos que le miraban y una boca que trataba de sonreírle. Su rostro no podía disimular un gesto de sorpresa.

–¡Estela! –exclamó emocionado.

–¿A qué has venido? –se limitó a preguntar la muchacha.

–Necesitaba verte.

–¿Verme?

–Verte, sentirte a mi lado, decirte...

Estela se volvió, como si no quisiera escuchar las palabras de Andrés. En ese instante, el muchacho descubrió, a unos metros de distancia, la figura enorme de Carlos, quizá agrandada por el anorak que nunca se quitaba. Parecía la estatua de un ser atormentado y, como casi siempre, había quedado en segundo plano, algo rezagado, encerrado en sí mismo y con la mirada baja. Andrés no pudo evitar mirarlo durante unos segundos y, aunque no comprendía los motivos, estaba convencido de que dentro de aquel muchacho había dos personalidades distintas, marcadas por la presencia o por la ausencia de Estela.

Ella miró hacia arriba y le señaló a Andrés la luna, que ya no era llena, abriéndose camino entre las cumbres heladas de las montañas más altas.

–Ha llegado el momento –dijo.

–¿El momento de qué? –preguntó Andrés, al que la sola presencia de la muchacha le hacía palpitar con fuerza el corazón.

–De despedirnos.

–¿Y cuándo volveremos a vernos?

–Nunca.

–¡Nunca! –Andrés estaba completamente desconcertado–. ¡Eso no es posible! Yo quiero volver a verte, y estoy seguro de que tú también quieres volver a verme a mí.

–Tal vez –reconoció Estela.

–¿Entonces...?

Estela volvió a mirar la luna. Luego se acercó a Andrés, cogió manos y las acercó hasta su rostro. Las retuvo un instante sobre sus mejillas, como si pretendiese que le dieran un poco de calor. Después las soltó con cuidado.

–Tengo que irme ya –dijo.

Andrés creyó ver en lo más profundo de los ojos de Estela un velo de tristeza.

La muchacha se dio la vuelta y comenzó a andar. Todos la miraban mientras se alejaba, incluso Carlos, que esta vez se había quedado con el grupo.

–¡Espera...! –gritó de pronto Andrés, y corrió hasta alcanzarla.

–¿Qué quieres?

–¡Me iré contigo!

El rostro de Estela reflejó una gran turbación.

–Pero... eso es imposible.

–¿Por qué?

–No sabes adónde voy. Ni siquiera tienes idea de quién soy en realidad.

–¡Te seguiré a donde vayas! –continuó Andrés con vehemencia–. ¡Nunca me separaré de ti!

–¿Por qué? –preguntó Estela, confusa.

–Porque te quiero.

–¿Me quieres?

–¡Te quiero!

Las palabras de Andrés eran tan rotundas que no necesitaban aclaración alguna. ¿Cómo explicar el amor?

Estela se separó unos pasos de él y lo observó fijamente. Su mirada se iba llenando poco a poco de un brillo intenso y misterioso; sus ojos parecían dos centellas en medio de la incipiente noche.

–Tienes que estar seguro de lo que dices –le dijo de pronto, levantando ligeramente los brazos.

–Lo estoy –respondió de inmediato Andrés.

–Completamente seguro –recalcó ella.

–¡Lo estoy! –repitió él.

Entonces, Carlos, haciendo un gran esfuerzo por vencer esa fuerza extraña que le paralizaba cuando Estela estaba presente, estiró su cuerpo con violencia, como si rompiera unas duras cadenas, y apretó sus puños lleno de rabia. Luego gritó con fuerza, como un animal herido, y corrió hasta situarse junto a Andrés. Los hombros de los dos jóvenes se tocaban, transmitiéndose la tensión que estaban viviendo.

–¡Recuerda una cosa, Estela! –gritó Carlos, muy alterado–. ¡Yo también te quiero!

Marcelo observaba todo lo que se desarrollaba ante sus ojos con enorme atención. Tan pronto miraba a Estela como a los dos muchachos que se disputaban su amor. De cuando en cuando decía alguna cosa, pero la murmuraba para sí, y las palabras apenas podían rebasar la frontera de sus labios. Su actitud era la de una persona que sabe que va a asistir a un prodigio excepcional y que no desea perderse ni el más insignificante de los detalles.

–Abre bien los ojos –le dijo a Valentín, sin mirarlo–. Vas a tener la suerte de contemplar algo extraordinario.

Estela avanzó hacia los muchachos y, cuando estaba aproximadamente a un metro de distancia, se detuvo. Miró a Carlos, y luego a Andrés. Y de nuevo volvió a mirar a Carlos, y otra vez a Andrés. Ella tenía que hacer una elección que en el fondo no deseaba, porque sabía que, fuese la que fuese, sería dolorosa para uno de aquellos muchachos, y también para ella misma.

Pero ya sentía la luz de la luna desparramándose por el valle, lo que significaba que disponía de muy poco tiempo. La decisión, por tanto, no podía hacerse esperar. Pensó entonces en sus piernas: tenía que dar el paso definitivo, pero ¿en que dirección lo haría? ¿Hacia Carlos? ¿Hacia Andrés?

Resuelta, avanzó hacia Carlos, lo miró con ternura y lo besó en la mejilla. Luego retrocedió hasta el sitio anterior. Sentía que el corazón le martilleaba con fuerza el pecho y que los latidos se propagaban por todo su cuerpo; podía sentirlos sin esfuerzo en su cuello, en sus sienes y hasta en las yemas de sus dedos. Luego avanzó resuelta hacia Andrés y lo miró fijamente a los ojos.

–Ahora te besaré –le dijo.

Acercó su cabeza muy despacio, y sus labios, rosas y húmedos, buscaron los de él.

El contacto de las dos bocas les produjo una sacudida violenta, un estremecimiento interior que atravesó de arriba abajo sus cuerpos. Pero la convulsión no producía rechazo alguno, sino un deseo absoluto de unión.

Cuando las bocas se separaron, Andrés se encontró invadido por una extraña sensación que le recorría todo el cuerpo. Se sentía él mismo, pero a la vez percibía que algo distinto empezaba a cobrar forma en su interior. La sensación era placentera y se encontraba, sobre todo, a gusto y feliz, quizá feliz por primera vez en su vida, y la felicidad era algo inexplicable, era simplemente una certeza.

–Ya te he besado –le dijo Estela–. Y ¿sabes por qué lo he hecho?

–¿Por qué?

–Porque yo también te quiero. Ahora nos iremos los dos, juntos.

Carlos había perdido todo el ímpetu que le había hecho reaccionar minutos antes y de nuevo volvía a encerrarse en sí mismo. Sus ojos rastreaban el suelo y los movimientos de su cuerpo perdían coordinación y hasta sentido. Retrocedió despacio y se colocó cerca del escritor, como si buscara su consuelo. Marcelo le pasó un brazo por los hombros y le dio unas palmadas de aliento.

Estela se quitó el chaquetón de lana y lo dejó caer en el suelo. Sonrió a Andrés y le dijo:

–Desnúdate.

Él la obedeció al instante.

Frente a frente, se despojaron de toda la ropa. Luego, ella le tendió una mano y, enlazados de este modo, comenzaron a alejarse. La luna teñía de plata los dos cuerpos desnudos.

De pronto, Estela y Andrés echaron a correr. Y aquella carrera no era la de dos seres humanos desnudos e indefensos; era la poderosa carrera de dos seres que atravesaban con decisión la barrera del misterio.

Al cabo de unos minutos, entre las grandes montañas del valle de Sajambre, resonaron dos aullidos muy largos y limpios. Eran dos lobos jóvenes, un macho y una hembra. Pocas veces se habían visto animales tan bellos. Corrían como locos sobre las urces y saltaban entre las piedras; se perseguían en las camperas, revolcándose entre la nieve. Corrían y corrían, infatigables, siempre juntos.

Carlos caminó hasta donde habían quedado los dos montones de ropa, se agachó y comenzó a recogerla despacio. Marcelo se acercó a él y, durante unos segundos, lo miró en silencio.

–¿Qué vas a hacer ahora? –le preguntó.

Carlos se incorporó con toda la ropa entre sus brazos y se la mostró a Marcelo antes de responder:

–Tendré que cuidar de los dos.

Marcelo le sonrió, y aquel leve gesto de su rostro expresaba muchos sentimientos a la vez.

Carlos se alejó despacio con aquella ropa y Marcelo inició el camino de vuelta hacia el pueblo. Al pasar junto a Valentín, se detuvo un instante. El editor permanecía con la boca abierta y con la mirada perdida en la espesura de aquellas montañas a las que la noche había cubierto de sombras.

–¿Comprendes ahora por qué no puedo marcharme de estas montañas? –preguntó Marcelo sin esperar respuesta–. Aquí se encuentra el misterio que he perseguido durante toda mi vida. ¡Amor y misterio! Ésas son las dos cosas que me mantienen vivo.

–Pero... ¿todo esto es un sueño? –Valentín reaccionó un poco–. ¿Estamos despiertos o dormidos?

–Bien despiertos –rió Marcelo.

–¡No puede ser verdad! –Valentín se llevó las manos a la cabeza.

–Es una buena historia para un libro –añadió Marcelo.

–De nada me sirve la historia si no tengo al escritor.

Marcelo reanudó la marcha y Valentín lo siguió. De cuando en cuando, el editor se pellizcaba las mejillas con fuerza. Pretendía infructuosamente despertarse de un sueño que estaba empezando a atormentarlo.

Allá, en lo alto, majestuosa en medio de un cielo estrellado, la luna reinaba sobre el valle de Sajambre.

Índice

Títulos publicados

1. Robert Swindells, *Calles frías*
2. Heinz Delam, *La maldición del brujo-leopardo*
3. José María Latorre, *Una sombra blanca*
4. Oriol Vergés, *Un pueblo contra los Hamid*
5. Anja Tuckermann, *Muscha*
6. Manuel L. Alonso, *Malos pasos*
7. José Luis Velasco, *Atrapado en la oscuridad*
8. Käthe Recheis, *Londres, 13 de julio*
9. Alfredo Gómez Cerdá, *El beso de una fiera*
10. Concha López Narváez y Carmelo Salmerón, *El visitante de la madrugada*
11. Javier Alfaya, *El año del milagro*
12. Gonzalo Moure, *El alimento de los dioses*
13. Fernando Lalana, *El paso del estrecho*
14. Gillian Cross, *Destellos en la noche*
15. Heinz Delam, *La selva prohibida*
16. Jordi Sierra i Fabra, *Retrato de un adolescente manchado*
17. Uri Orlev, *Soldados de plomo*
18. José María Latorre, *La leyenda del segundo féretro*
19. Els de Groen, *Casa sin techo*
20. Eliacer Cansino, *El misterio Velázquez*
21. Klaus-Peter Wolf, *La última oportunidad*
22. Jordi Sierra i Fabra, *Un hombre con un tenedor en una tierra de sopas*
23. Werner Raith, *Hijo de un traidor*
24. Vicente Muñoz Puelles, *La isla de las sombras perdidas*
25. Manuel L. Alonso, *Pájaros en la tormenta*
26. Christian Grenier, *El ordenador asesino*
27. Heinz Delam, *Likundú*
28. Concha López Narváez y Miguel Salmerón, *Hola, ¿está María?*

PARALELO CERO

Este libro se terminó
de imprimir en los
talleres gráficos
de Unigraf, S. A.,
en el mes de septiembre de 1999